EN BOCA DE TODOS

ELIZABETH BEVARLY

HARLEQUIN™

Editado por HARLEQUIN IBÉRICA, S.A.
Núñez de Balboa, 56
28001 Madrid

© 2014 Elizabeth Bevarly
© 2015 Harlequin Ibérica, S.A.
En boca de todos, n.º 2035 - 15.4.15
Título original: My Fair Billionaire
Publicada originalmente por Harlequin Enterprises, Ltd.

I.S.B.N.: 978-84-687-6026-1
Depósito legal: M-885-2015
Editor responsable: Luis Pugni
Impresión en CPI (Barcelona)
Fecha impresion para Argentina: 12.10.15
Distribuidor exclusivo para España: LOGISTA
Distribuidor para México: CODIPLYRSA
Distribuidores para Argentina: Interior, DGP, S.A. Alvarado 2118.
Cap. Fed./Buenos Aires y Gran Buenos Aires, VACCARO HNOS.

Capítulo Uno

T. S. Eliot tenía razón.

Ava Brenner apuró el paso por la avenida Michigan y se refugió debajo del toldo de una tienda. Abril era el peor mes de todos, el más cruel. El día antes el cielo de Chicago estaba azul y despejado y la temperatura no bajaba de los diez grados centígrados, pero las cosas habían cambiado de la noche a la mañana. Unas nubes grises se cernían ominosas sobre la ciudad y caía una lluvia fría que calaba hasta los huesos. Se sacó el fular por fuera del cuello de la trenca y se tapó la cabeza, anudándoselo por debajo de la barbilla. El agua estropearía la seda del pañuelo, pero tenía una reunión con un posible vendedor y prefería tener que comprarse otro fular antes que ver cómo se empapaba el moño perfecto que se había hecho.

La imagen lo era todo. Esa era una lección que Ava había aprendido cuando aún estaba en el instituto. El mes de abril no era lo único que era cruel. Las adolescentes podían llegar a ser monstruosas, sobre todo las más ricas, superficiales y arrogantes, las que asistían a esos exclusivos colegios privados y siempre iban a la última moda, las que despreciaban a sus compañeros becados que llevaban ropa de las rebajas.

Ava ahuyentó esos pensamientos. Habían pasado más de quince años desde su graduación. Tenía un negocio propio que dirigir, una boutique llamada En Boca de Todos que alquilaba prendas de alta costura a mujeres que querían lo mejor para una ocasión especial en la vida. El negocio aún estaba arrancando, pero poco a poco empezaba a dar algo de beneficios y Ava al menos daba la imagen de ser una empresaria de éxito. Nadie tenía por qué saber que ella misma era la mejor clienta de la tienda.

Se quitó el fular de la cabeza y lo guardó en el bolsillo de la trenca al entrar en el elegante restaurante. Se había puesto un traje de firma de color gris que había combinado con una blusa verde, a juego con sus ojos. El conjunto había llegado a la tienda esa misma semana, y había decidido ponérselo para ver si era cómodo.

El teléfono móvil comenzó a sonar. Era el vendedor con el que tenía que reunirse. Le decía que cambiaran la reunión a otro día de esa semana. Ava se dio cuenta de que esa noche iba a cenar sola, como de costumbre. Sin embargo, llevaba mucho tiempo sin salir, y había trabajado muy duro a lo largo de todo el mes, así que se merecía un pequeño capricho.

Basilio, el dueño del restaurante, la recibió con una efusiva sonrisa, llamándola por su nombre. Cada vez que le veía, Ava se acordaba de su padre.

Basilio tenía los mismos ojos oscuros, llevaba el mismo corte de pelo y tenía el mismo bigote, pero estaba segura de que, a diferencia de su padre, Basilio nunca había cumplido una sentencia en una cárcel federal.

Sin molestarse en comprobar la lista de mesas, Basilio la condujo a su mesa favorita, una situada junto a la ventana. Desde allí podía ver a los transeúntes mientras comía. Se disponía a abrir la carta, pero un alboroto junto a la barra reclamó su atención. Dennis, su camarero favorito, estaba recibiendo un buen rapapolvo de un cliente, un hombre de espaldas anchas y cabello negro azabache. Se había ofendido cuando Dennis le había dicho que había bebido demasiado, algo que era más que obvio.

—Estoy bien —insistía en decir el hombre. Hablaba con fluidez, pero su tono de voz era innecesariamente alto—. Y quiero otro Macallan. Solo.

—No creo… —Dennis trataba de mantener la calma.

—Muy bien —el hombre le interrumpió—. Tú no piensas. Sirves bebidas. Y ahora, ponme otro Macallan. Solo.

—Pero, señor…

—Ahora —dijo el individuo en un tono hostil.

Ava sintió que el pulso se le aceleraba al oír esa palabra colérica. Había trabajado de camarera mientras estudiaba en la universidad y había tenido que lidiar con esa clase de individuos que se convertían en matones a causa de la embriaguez.

Afortunadamente, Basilio y el otro camarero, Marcus, se acercaron rápidamente a la barra para resolver la situación.

Dennis sacudió la cabeza al verles acercarse. Levantó una mano, indicándoles que esperaran.

–Señor Moss, tal vez sería mejor que se tomara una taza de café.

Ava sintió un golpe de calor en el estómago al oír el nombre. Moss... En otra década, en otra época, en una galaxia lejana, había ido al colegio con un chico que se apellidaba Moss. Peyton Moss. Él iba un año por delante en la Tony Emerson Academy.

Pero no podía ser él. Peyton Moss le había dicho a todo el mundo que iba a marcharse de Chicago en cuanto se graduara. Había jurado que jamás iba a volver y había mantenido su promesa. Ava había regresado a Chicago unos meses después de haber terminado la carrera de Empresariales y se había encontrado con algunos de sus antiguos compañeros de clase, pero ninguno de ellos había mencionado nada respecto al regreso de Peyton.

Miró al hombre de nuevo. Peyton era la estrella del equipo de hockey del instituto, gracias a su increíble habilidad, pero también a su imponente altura. El pelo le llegaba a los hombros y su voz, incluso por aquella época, era profunda y grave.

Cuando el individuo se volvió hacia Marcus, Ava contuvo el aliento. Aunque llevara el pelo más corto y el perfil se le hubiera endurecido con el

6

paso de los años, sin duda era Peyton Moss. Hubiera reconocido ese rostro en cualquier lugar, incluso después de dieciséis años.

Sin pensárselo dos veces, se levantó de la silla y fue hacia el grupo.

—Señores, a lo mejor lo que hace falta aquí es un intermediario imparcial que resuelva el problema —dijo, interponiéndose entre Peyton y los demás.

De haberla reconocido, Peyton se hubiera reído de ella al oírla decir eso. En el instituto lo había sido todo excepto imparcial cuando se trataba de él. Pero él tampoco era muy imparcial por aquella época. Eso era lo que pasaba cuando dos personas se movían en círculos sociales totalmente distintos, en un medio en el que la jerarquía y la estratificación social eran estáticas e inamovibles. Cuando la clase alta se encontraba con la clase baja en un sitio como Emerson, saltaban chispas y la pirámide social se derrumbaba.

—Señorita Brenner, no creo que sea una buena idea —dijo Basilio—. Los hombres en ese estado son impredecibles, y él es tres veces más grande que usted.

—Mi estado está perfecto —dijo Peyton con hostilidad—. O lo estaría si este establecimiento hiciera caso a las peticiones de clientes que pagan.

—Déjeme hablar con él —dijo Ava, bajando la voz.

Basilio sacudió la cabeza.

—Marcus y yo podemos ocuparnos de esto.

7

–Pero yo le conozco. Fuimos juntos al colegio. Me escuchará. Somos... Éramos... –por algún motivo no era capaz de pronunciar la palabra– amigos.

Peyton también se hubiera reído de eso, si la hubiera reconocido. Habían sido muchas cosas en Emerson: compañeros de estudio a la fuerza, contrincantes durante una extraña noche, amantes... Sin embargo, nunca habían sido amigos.

–Lo siento, señorita Brenner –dijo Basilio–. Pero no puedo dejar que...

Antes de que pudiera detenerla, Ava dio media vuelta y se dirigió hacia la barra.

–Peyton –dijo, deteniéndose frente a él.

En vez de mirarla, él siguió mirando a Dennis.

–¿Qué?

–Esto ha llegado demasiado lejos. Tienes que entrar en razón.

Él abrió la boca, pero se detuvo cuando sus ojos se encontraron con los de ella. Ava había olvidado lo hermosos que eran sus ojos. Tenían en mismo color y la claridad del buen coñac, y estaban rodeados de unas pestañas espesas y oscuras.

–Te conozco –dijo él, mostrando algo más de lucidez de repente. Su tono de voz sonaba seguro, pero su expresión dejaba ver algo de duda–. ¿No?

–Fuimos juntos al colegio...

Él se sorprendió.

–No te recuerdo de Stanford.

¿Stanford?

Lo último que había oído de él era que se iba a una universidad de Nueva Inglaterra para cursar una carrera cualquiera, vagamente académica, por si sufría alguna lesión.

—De Stanford no.

—¿Entonces de dónde?

No sin reticencia, Ava se lo dijo.

—Emerson Academy, aquí en Chicago.

La sorpresa de Peyton se disparó.

—¿Fuiste a Emerson?

Tampoco tendría por qué haberse sorprendido tanto. ¿Todavía seguía pareciendo una niña pordiosera?

—Sí —le dijo con calma—. Fui a Emerson.

Él arrugó el entrecejo y la miró con más atención.

—No te recuerdo de allí tampoco.

Algo se le clavó en el pecho cuando oyó ese comentario. Debería haberse alegrado de que no la recordara. Ella misma hubiera deseado poder olvidar a la chica que había sido en Emerson, y también hubiera deseado haber podido olvidar a Peyton, pero durante esos dieciséis años que habían pasado él y todos sus amigos no habían hecho más que colarse entre sus pensamientos, convocando recuerdos y sentimientos que quería enterrar para siempre.

Él alzó una mano y la sujetó de la barbilla. La hizo volver el rostro a un lado y al otro y la miró desde todos los ángulos posibles. Finalmente sacudió la cabeza, abrió la boca para decir algo y entonces...

—Oh, Dios. Ava Brenner.

Ava dejó escapar un suspiro de exasperación. No quería que nadie la recordara como había sido en Emerson, sobre todo los chicos como Peyton, sobre todo Peyton. A pesar de eso, no obstante, una marea de placer la recorrió por dentro cuando se dio cuenta de que su recuerdo no se le había borrado del todo a él.

–Sí. Soy yo –le dijo, resignada.

–Vaya –el tono de voz no desvelaba nada de sus pensamientos.

Se dejó caer sobre un taburete y la miró con esos ojos penetrantes, dorados. Ava sintió que una ola de emociones contradictorias la golpeaba por dentro: orgullo, vergüenza, arrogancia, inseguridad, culpa… Y en medio de todo aquello había una incertidumbre absoluta sobre Peyton, sobre sí misma, sobre los dos. Eso era igual en el pasado y en el presente.

Definitivamente se sentía como si hubiera vuelto al instituto de golpe. Y le gustaba tan poco como entonces.

Cuando quedó claro que Peyton no iba a causar más problemas, Dennis retiró la copa vacía de la barra y la reemplazó por una taza de café. Basilio soltó el aliento lentamente y le dedicó una sonrisa de agradecimiento a Ava.

Ella pensó que debía volver a su mesa. Ya había hecho la buena obra del día. Pero Peyton seguía mirándola y había algo en su expresión que la hizo detenerse. Era algo que le desataba otro torbellino de recuerdos, distintos a los que la habían asaltado en un primer momento, pero igualmente no deseados y desagradables.

Porque había sido ella, y no Peyton, quien había pertenecido a esa clase poderosa en el exclusivo colegio. Ella había sido una de esas niñas ricas, superficiales y arrogantes, las que siempre iban a la última moda, las que despreciaban a sus compañeros becados con ropa de las rebajas.

Había sido así hasta el verano antes del último año de instituto, momento en que su familia lo había perdido todo. De la noche a la mañana había terminado recorriendo esos mismos pasillos de rebajas que tanto le habían servido para mofarse de sus compañeros más desfavorecidos, y se había convertido en uno de esos apestados, siempre rechazados y acosados.

Peyton no dijo ni una palabra mientras Ava le observaba, intentando identificar todos los cambios que se habían producido a lo largo de esos dieciséis años que habían pasado. Algunas hebras plateadas brillaban en su oscuro cabello, y su rostro mostraba una fina barba de unas horas. No recordaba que se afeitara en el instituto, pero a lo mejor lo hacía, aunque aquella mañana cuando se levantó a su lado él…

Trató de parar los recuerdos antes de que llegaran a tomar forma, pero aparecieron de todos modos. Todo había empezado cuando se habían visto obligados a trabajar juntos en un proyecto semestral para una asignatura en la que los estudiantes de los primeros cursos se mezclaban con los mayores. El dinero realmente lo cambiaba todo, o por lo menos en Emerson era así. La jerarquía social era clara y férrea, pero a pesar de eso siempre había habido algo entre Ava y Peyton. Era algo caliente que quemaba el aire que respiraban cuando estaban en la misma habitación, algo extraño, una reacción combustible que se debía a algo volátil y repentino que ninguno de los dos había sido capaz de identificar y entender, y a lo que tampoco habían sido capaces de resistirse.

Las cosas habían llegado a un punto de inflexión aquella noche en su casa. Se habían quedado hasta tarde trabajando en un proyecto de clase y habían terminado haciendo… En realidad no habían hecho el amor, porque fuera lo que fuera lo que sintieran el uno por el otro, no había tenido nada que ver con el amor. Sin embargo, tampoco había sido sexo sin más. Había habido algo más que el mero contacto físico, algo más profundo.

A la mañana siguiente Peyton se había levantado de la cama dando un salto y Ava había hecho lo mismo. Se habían acusado mutuamente y habían buscado toda clase de excusas, sin escucharse el uno al otro. Solo se habían puesto de acuerdo en una cosa: aquello había sido un error colosal y no debían volver a mencionarlo jamás. Peyton se había vestido a toda prisa. Había salido corriendo por la ventana de la habitación de Ava y ella la había cerrado rápidamente para que no les descubrieran. El lunes por la mañana entregaron el trabajo y todo volvió a la normalidad.

La normalidad de ser enemigos…

Pero Ava pasó el resto de ese año en vilo y no recuperó la tranquilidad hasta que Peyton se graduó y se fue a la universidad.

Sin embargo, la paz no iba a durarle mucho. Tres semanas más tarde, el mundo se derrumbó a su alrededor y la arrastró hasta la base de la pirámide social, obligándola a codearse con aquellos a los que tan mal había tratado en el pasado, personas que no se merecían el desprecio que ella les había dado durante tanto tiempo.

Ava se volvió hacia Basilio.

—Necesito un favor. ¿Podría pedirle a uno de los camareros que se acerque a mi tienda y que me traiga el coche para poder llevar al señor Moss a su casa? Yo me quedo aquí y me tomaré un café con él mientras tanto.

Basilio la miró como si hubiera perdido el juicio.

—Solo son quince minutos andando. Diez si se apura el paso.

—Pero, señorita Brenner, él no…

—Está en pleno uso de sus facultades —dijo ella, terminando la frase—. Sí, lo sé. Y es por eso que se merece una pequeña excepción esta noche.

—¿Está segura de que es una buena idea?

Ava no estaba segura. El hombre que tenía delante era un desconocido para ella. Además, aquel chico al que había conocido en el instituto tampoco era precisamente un libro abierto.

—Mis llaves están en mi bolso, sobre la mesa —le

dijo a Basilio–. Y mi coche está aparcado detrás de la tienda. Solo necesito que mande a alguien a buscar el coche y yo le llevo a casa. Por favor –añadió.

Basilio quería objetar algo más, pero finalmente optó por ceder.

–Muy bien. Mandaré a Marcus. Solo espero que sepa lo que hace.

«Ya somos dos», pensó Ava.

Peyton Moss se despertó como no se había despertado en mucho tiempo.

Resaca. Tenía una horrible resaca. Cuando abrió los ojos no sabía dónde estaba, ni qué hora era, ni tampoco qué había estado haciendo en las horas anteriores.

Se quedó quieto en la cama durante unos segundos. Al menos estaba en una cama, así que trató de averiguar cómo había llegado a esa posición. Hizo un esfuerzo por recordar.

Estaba boca abajo, con la cara aplastada contra una almohada y las sábanas amontonadas debajo del vientre. ¿Pero de quién era la cama?

Fuera de quien fuera, no estaba a su lado en ese momento, pero tenía que ser una mujer. Las sábanas olían muy bien como para ser las de un hombre y el papel de la pared tenía flores, cosa que descubrió al darse la vuelta. Sobre su cabeza había una lámpara de araña. Miró alrededor y vio más evidencias del género femenino: una cómoda muy elegante y un guardarropa.

Entonces se había ido a la casa de una desconocida la noche anterior. No era que fuera algo extraño en él, pero no lo hacía desde la juventud. Tampoco se sentía viejo, no obstante. Tenía treinta y cuatro años solamente, pero a esa edad los hombres solían empezar a pensar en sentar la cabeza, algo que él no había hecho.

¿Por qué había vuelto a una ciudad a la que había jurado no regresar jamás?

Chicago. La última vez que había estado allí tenía dieciocho años y era un caballo desbocado. Se había ido a la estación de autobuses directamente tras la ceremonia de graduación y solo se había detenido un momento para tirar el birrete y la toga en la primera papelera que se había encontrado. Ni siquiera había pasado por casa para despedirse. A nadie le importaba lo que hiciera, a nadie en todo Chicago.

Se tapó los ojos con el brazo. Sin duda no había nada como un melodrama adolescente para empezar bien el día.

Se incorporó hasta sentarse y bajó las piernas. Su chaqueta y su corbata colgaban del respaldo de una silla y tenía los zapatos junto a los pies. Aún llevaba la camisa y los pantalones puestos, así que no había pasado nada más esa noche y podía ahorrarse el momento incómodo del reencuentro matutino.

Caminando con cuidado, avanzó hasta la puerta. Se dirigió al cuarto de baño que estaba a su derecha y abrió el grifo para llenar el lavamanos. Después de echarse un poco de agua en la cara se sintió mucho mejor. Seguía teniendo un aspecto horrible, pero se sentía algo mejor.

El espejo le hizo reparar en un pequeño armario situado justo detrás. Localizó una botella de enjuague bucal y también un peine. Se quitó el mal sabor de la noche e hizo todo lo posible por domar un poco su cabello revuelto.

Al salir del aseo, notó un olor a café recién hecho y se dirigió a la cocina, que era muy pequeña. La luz situada encima de los hornillos estaba encendida, así que no tropezó con nada. La única decoración que cubría las paredes era un calendario con paisajes de Italia, pero la puerta del frigorífico estaba llena de cosas; un anuncio de un festival de cine italiano que se iba a celebrar en el Patio Theater, recortes de revistas de moda femenina y una tarjeta que le recordaba a la dueña de la casa su próxima cita con el ginecólogo.

Era evidente que la cafetera tenía puesto el temporizador, porque no había nadie por allí. Peyton miró el reloj. No eran más que las cinco de la mañana, pero al parecer la persona que vivía en esa casa madrugaba mucho.

Peyton cruzó la cocina de una zancada y salió por el otro lado, que daba acceso a un salón poco más grande que la habitación. Se colaba suficiente luz de la calle como para poder discernir una lámpara al otro lado de la estancia. Peyton dio un paso adelante, pero entonces oyó un sonido a su derecha que le hizo detenerse. Era el sonido que hacía una mujer mientras dormía, un sutil suspiro seguido de un pequeño gemido. A través de la penumbra vio la silueta de una mujer acostada en el sofá.

Peyton se había encontrado en muchas situaciones singulares a lo largo de los años, y en muchas de ellas había mujeres, pero no sabía qué hacer en una situación como la que se le presentaba en ese momento. No sabía dónde estaba. Tampoco sabía cómo había llegado hasta allí y desconocía la identidad de la mujer bajo cuyo techo había pasado la noche. Incluso podía estar casada, o ser una psicópata.

De repente, la misteriosa anfitriona volvió a hacer ese sonido apacible y Peyton descartó la última posibilidad. Una psicópata no podía suspirar de una forma tan deliciosa. Sin embargo, si ella estaba durmiendo en el salón y él había pasado la noche en su dormitorio, no tenía nada por lo que sentirse culpable.

Trató de repasar todos los pasos que había dado desde el momento en que había llegado a la ciudad en la que había nacido. Se había marchado de Chicago en un autobús Greyhound más de quince años antes y su regreso no podría haber sido más distinto. Había vuelto en un jet privado, su propio avión personal. Había sido un perro de la calle durante su juventud, pero las cosas habían cambiado mucho desde entonces.

¿A quién quería engañar? Seguía siendo ese mismo perro de la calle. Y ese era el motivo por el que estaba allí de nuevo.

En cualquier caso, nada más pisar el suelo de Chicago se había dirigido al Hotel Intercontinental, situado en Michigan Avenue. Eso lo recordaba bien porque ese hotel era la clase de sitio en el que jamás se hubiera atrevido a entrar cuando era un adolescente. De haberlo hecho le hubieran echado a patadas y sin contemplaciones. Era curioso ver que no habían tenido ningún problema en aceptar su tarjeta platino el día anterior.

También recordaba haber entrado en la suite y haber dejado la maleta sobre la enorme cama. Después se había parado frente a las ventanas y había abierto las cortinas. Había contemplado el paisaje urbano de Michigan Avenue; flamantes rascacielos, grandes almacenes de lujo... todos esos sitios que siempre habían estado fuera de su alcance cuando vivía allí. El barrio completo era un mundo aparte para él en aquella época. Sin embargo, a pesar de ello se había desplazado hasta esa zona de la ciudad cinco días a la semana, nueve meses al año, durante mucho tiempo. La Emerson Academy estaba en el centro del distrito. El resto del tiempo lo pasaba en su barrio del South Side, el sitio donde había crecido.

Mientras miraba por esa ventana había recordado tantas cosas... Por mucho que odiara Emerson, siempre le había gustado poder escapar durante unas horas al día de esa vida marginal. Curiosamente, mientras contemplaba aquel paisaje de opulencia cosmopolita, se había acordado también de aquel viejo vecindario del South Side.

Casi había podido oler la grasa y la gasolina del taller sobre el que vivía con su padre. Allí había trabajado durante toda la adolescencia y así había ahorrado dinero para ir a la universidad. Mientras miraba por la ventana también había oído las sirenas de la policía y había visto a las jaurías de gamberros pandilleros que controlaban el bloque. Había sentido la mugre sobre la piel y había notado el sabor de la ceniza que escupían las chimeneas de las fábricas. Y entonces…

Entonces habían llegado los recuerdos de Emerson, donde se había ganado un sitio en el equipo de hockey y también una beca completa, todo gracias a sus buenas notas y a su destreza en la pista. Cómo odiaba ese colegio. En él abundaban los polluelos de sangre azul y herencias millonarias, una clase deleznable que le envenenaba la sangre. Pero siempre le había gustado el lugar en sí, limpio y diáfano. Siempre olía a cera de parquet y a perfumes caros. Le gustaba la tranquilidad durante las clases y la organización imperante. Le gustaba tener al menos una comida decente al día. Le gustaba sentirse seguro, aunque solo fuera durante unas horas.

Pero jamás hubiera podido reconocer todas esas cosas por aquella época, y tampoco se lo iba a confesar a nadie en el presente. Por suerte, no obstante, siempre había sido lo bastante listo como para saber que estudiar en Emerson era mejor de cara a una solicitud de admisión universitaria que hacerlo en el desvencijado colegio público al que le hubiera correspondido ir. Había tolerado a esos chiquillos ricachones a duras penas y se las había arreglado para encontrar a los pocos estudiantes que eran como él, los excluidos, los pordioseros, los otros chicos con becas, inteligentes, pero pobres, decididos a terminar en un lugar mejor que sus padres. Habría uno o dos alumnos como él por cada cien estudiantes, pero a Peyton le daban igual todos esos ricos despreciables. Todos le daban igual, excepto una de ellos.

Ava Brenner, la chica de oro de la costa dorada, se le había metido en el cuerpo y se había quedado allí para siempre. Su padre era muy rico y poderoso, y ella era tan superficial como hermosa. Era la reina de Emerson. Todo lo que pasaba en Emerson giraba en torno a Ava Brenner y a su círculo de amigos. La princesa del colegio decidía personalmente quién entraba en ese exclusivo club social y todos se rendían ante su voluntad, conscientes de que podía excluirles a capricho en cualquier momento. Peyton la veía pasar por los pasillos cada día, moviendo su melena de color rojo fuego y mirándole como si fuera un pegajoso chicle que se le hubiera pegado a la suela del zapato. Y cada día suspiraba por ella. Se moría por ella, aunque supiera que era una chiquilla consentida, superficial y vanidosa.

Peyton abrió los ojos. Acababa de recordar que había pensado en Ava el día anterior. De hecho, eso había sido lo que le había hecho irse al bar del hotel a toda prisa. Eso también lo recordaba. Y además recordaba haberse tomado tres copas de whisky con el estómago vacío. Alguien le había pedido con educación que abandonara el bar del hotel y él había obedecido. Recordaba haber salido a Michigan Avenue y entonces se había metido en el primer bar que había encontrado. Los pies aún le sostenían lo suficiente como para convencer al camarero para que le sirviera dos copas más.

Se esforzó por recordar, pero lo único que le venía a la mente era una voz sexy, cálida, un aroma a gardenias y unos hermosos ojos verdes. Peyton recordaba la noche en que habían tenido que terminar un proyecto en su casa, en su habitación. Sus padres estaban fuera de la ciudad. En algún momento ella había bajado para preparar algo de comer y él se había aprovechado para curiosear por su dormitorio. Había abierto su armario y los cajones de la cómoda, deseando descubrir algo nuevo sobre ella. Al encontrarse con el cajón de la ropa interior, le había robado un par de braguitas. Eran de seda, de un color amarillo pálido. Todavía las guardaba. Mientras se las metía en el bolsillo, había reparado en un frasco de perfume que estaba sobre la cómoda.

Night Gardenia.

Así había sabido que ese era su olor. Nunca había visto ni olido una gardenia hasta esa noche.

Mientras tapaba a la mujer durmiente con la manta se fijó en su rostro y el estómago le dio un vuelco. Debía de ser producto de su imaginación. Estaba tan abrumado por los recuerdos de Ava que veía su rostro en la cara de una extraña. Las probabilidades de toparse con la última persona a la que quería ver en Chicago eran remotas, sobre todo habiendo pasado unas pocas horas solamente desde su llegada. Había dos millones y medio de personas en la ciudad, y el destino no podía ser tan cruel. No podía verse abocado a…

Antes de que el pensamiento llegara a formarse en su mente, Peyton supo que no era una alucinación. Era ella, Ava Brenner, la chica de oro de la costa dorada, la reina de Emerson, un personaje recurrente en sus sueños más delirantes, alguien a quien esperaba no volver a ver jamás.

Capítulo Dos

–¿Ava?

Como si hubiera pronunciado unas palabras mágicas para deshacer un hechizo y despertar a una princesa, ella abrió los ojos de golpe. Peyton trató de convencerse una última vez de que era producto de su imaginación, pero incluso en la penumbra, podía ver que se trataba de ella. Y estaba más hermosa que nunca.

–¿Peyton? –dijo ella, incorporándose.

Él retrocedió y fue a caer en una silla situada al otro lado de la estancia. Su voz... La forma en la que pronunciaba su nombre... Lo había dicho igual aquella mañana, en su habitación, cuando había abierto los ojos y se había dado cuenta de que aquel sueño frenético de sexo no había sido un sueño. El pánico que le sobrevino en ese momento fue exactamente igual al que había sentido entonces. Fue una explosión de miedo, de incertidumbre, de inseguridad. Odiaba esa sensación. No la había vuelto a sentir desde aquella noche en la habitación de Ava.

«No te dejes llevar por el pánico», se dijo a sí mismo. Ya no era aquel chico de dieciocho años cuyo único valor era el talento sobre la pista de hockey. Ya no vivía en la pobreza con un padre borracho tras el abandono de su madre. Y ya no era la escoria de Emerson.

–¡Eh! Hola –dijo ella, tirando de las mantas como si tratara de poner un escudo por delante.

Era evidente que sentía la misma angustia que él.

–Ava –Peyton hubiera querido responderle con un saludo igual de impersonal, pero no fue capaz.

Ella sacó un brazo de la crisálida de mantas para encender la lámpara que estaba junto al sofá. Peyton hizo una mueca al verse deslumbrado por la claridad repentina, pero no apartó la mirada. Sus ojos parecían más grandes que antes y los ángulos pronunciados de sus pómulos se habían suavizado. Llevaba el cabello más corto, más oscuro que cuando estaban en el instituto, pero continuaba llevándolo suelto alrededor de los hombros. Sus labios…

–¿Quieres un café? Ya debe de estar listo. Siempre pongo la cafetera a la misma hora. Seguro que ya ha terminado. Si no recuerdo mal, te gusta solo y fuerte.

–Un café estaría bien. Sí. Pero yo voy a buscarlo. No te preocupes. A ti te gusta con leche y azúcar, ¿no?

Ava se sorprendió al darse cuenta de que él también recordaba alguna que otra cosa de aquella noche, pero eso no significaba nada en realidad.

Se refugió aún más en las mantas.

—Gracias.

Peyton se dirigió a la cocina, agradecido por la oportunidad para escabullirse un momento y escapar de esa situación tan embarazosa. Ava Brenner.

Era como si nada más llegar a la ciudad hubiera puesto en marcha un dispositivo de localización para encontrarla, o al revés. Pero eso era imposible. Ella jamás hubiera querido buscarle. Se lo había dejado todo muy claro en Emerson.

Cuando regresó a la habitación con los cafés, ella se había hecho un moño que la hacía aún más hermosa. Peyton podía ver el pijama de franela que llevaba puesto, jamás se hubiera imaginado a Ava Brenner con un pijama de franela con un estampado de lunares. Curiosamente, no obstante, le quedaba muy bien.

Ella le dio las gracias y tomó la taza de café que le ofrecía. Peyton volvió a sentarse en su silla rápidamente.

—Por favor, cuéntame cómo he terminado pasando la noche contigo de nuevo.

Nada más oír sus propias palabras, Peyton se encogió por dentro. Realmente no hubiera querido hacer referencia alguna a aquella noche en el instituto. Ella levantó la cabeza nada más oír sus palabras. Estaba claro que la alusión a aquel día no le había pasado inadvertida.

—¿No te acuerdas?

Había una ambigüedad interesante en la pregunta. Podría haberle estado preguntando acerca de la noche anterior, o también sobre aquella noche extraña que habían vivido dieciséis años antes.

Peyton sacudió la cabeza, consciente de que se refería a la noche anterior.

—No. No recuerdo más que el momento en el que llegué a un restaurante de Michigan Avenue. Poco más.

—¿Entonces no recuerdas lo que pasó antes?

—Sí —contestó Peyton. Eso no iba a contárselo, no obstante.

Ella guardó silencio. Parecía que esperaba algo más, así que Peyton se limitó a arquear una ceja.

Ella suspiró y lo intentó de nuevo.

—¿Cuándo volviste?

—Ayer.

—¿Has venido de San Francisco?

La pregunta le sorprendió.

—¿Cómo lo sabes?

—Cuando me ofrecí para llevarte a casa anoche, me dijiste que iba a tener que conducir mucho. Y entonces me dijiste que vivías en una zona llamada Sea Cliff, en San Francisco. Parece un buen barrio.

Había una clara insinuación en su última frase. Sea Cliff era uno de los barrios más caros y exclusivos de San Francisco.

—No está mal.

—¿Qué te hizo marcharte a la Costa Oeste?

—Trabajo —antes de que fuera a preguntarle algo más, tomó la iniciativa—. ¿Tú sigues viviendo por aquí?

Por algún motivo ella se puso tensa.

–No. Mi familia vendió la casa cuando me gradué en el instituto.

–Supongo que se dieron cuenta de que esos siete mil metros cuadrados eran demasiado para dos personas en vez de tres, sin incluir al servicio, claro.

Ava bajó la vista.

–Solo vivían dos empleados en la casa.

–Bueno… De acuerdo –Peyton miró a su alrededor–. ¿Y este sitio entonces?

–Es… –ella levantó la vista, vaciló y volvió a bajarla–. La tienda que está abajo es mía. Es una boutique de firmas.

Él asintió.

–Ah. Entonces este apartamento es parte del inmueble, ¿no?

–Algo así.

–Era más fácil traerme aquí que llevarme a algún sitio en el que tuvieras que explicar mi presencia, ¿no?

Por primera vez se le ocurrió pensar que Ava podía estar casada. ¿Por qué no iba a estarlo? Todos los chicos de Emerson estaban locos por ella. Reparó en sus manos. Asían con fuerza la taza de café.

No llevaba ningún anillo en los dedos, pero siempre había llevado joyas en el instituto; pendientes de diamantes, anillos con zafiros y rubíes… la herencia de sus padres, como la había oído decir a una amiga. Y siempre llevaba aquel collar de esmeraldas que le realzaba el color de los ojos.

–Bueno, no es fácil explicar nada relacionado contigo, ¿no crees, Peyton? –dijo ella de repente.

Peyton decidió no darle más vueltas a su afirmación y le hizo una pregunta clara.

–¿Tu marido se enfadaría?

Ella volvió a bajar la vista.

–No estoy casada.

–Pero sigues teniendo a alguien en casa a quien tendrías que darle explicaciones sobre mí, ¿no?

El hecho de que no contestara hizo pensar más de la cuenta a Peyton. Trató de convencerse de que debía seguir adelante. Lo más sensato era escuchar el resumen de lo ocurrido la noche anterior y llamar a un taxi cuanto antes. Se dijo que no quería saber nada sobre Ava, que nada de lo que ella pudiera decirle repercutiría en su vida de ninguna manera. Se obligó a recordar el infierno que había vivido en el instituto durante años gracias a ella.

Pensó en todas esas cosas, y en muchas más, pero tal y como pasaba con frecuencia, no escuchó ni una sola palabra de lo que le decían sus pensamientos.

Ava hizo todo lo posible para convencerse de que no le estaba mintiendo. Las mentiras por omisión de información realmente no eran mentiras, o por lo menos eso quería creer. Además, ¿qué se suponía que podía hacer? Jamás hubiera querido que viera el diminuto apartamento en el que vivía.

Se suponía que a esas alturas ya debía haber tenido éxito en la vida. Tendría tener una casa en algún barrio exclusivo, un armario lleno de ropa de firma y cajones llenos de joyas. En realidad sí tenía las últimas dos cosas, pero eran parte de la tienda y apenas podía permitirse alquilar las prendas.

Además, en cualquier caso, la gente siempre creía lo que quería creer. Aunque estuviera sentado frente a ella en ese humilde apartamento, Peyton aún pensaba que seguía siendo aquella heredera superficial y engreída que los tenía a todos comiendo de su mano en el instituto. Seguía creyendo que vivía en aquella mansión de Division Street, el sitio donde había crecido, y que aún conducía aquel Mercedes descapotable color crema que le habían regalado al cumplir los dieciséis años.

Era evidente que no se había enterado del declive de los Brenner. No sabía que su padre seguía cumpliendo condena en una cárcel federal por evasión de impuestos, malversación de fondos y una larga lista de cargos, y todo por satisfacer los caprichos de una amante drogadicta y destructiva. No sabía que su madre había fallecido en un psiquiátrico después de haber pasado muchos años lidiando con la angustia y el aislamiento generados por la traición de su marido. No sabía que, muchos años antes, su madre había abandonado a su padre y se la había llevado a Milwaukee para que terminara allí el instituto, y tampoco sabía que en ese colegio exclusivo había sido ella la chica becada a la que todos miraban por encima del hombro.

En ocasiones el karma no era más que una colegiala cruel.

Pero precisamente por eso no quería que Peyton llegara a saber la verdad. Apenas había comenzado a pagar la enorme deuda vital que ella misma se había buscado.

–No me espera nadie en casa –le dijo.

En realidad no la esperaba nadie en ningún sitio. Todos sus amigos más cercanos le habían dado la espalda en cuanto había descendido un peldaño en la pirámide social, y se había buscado demasiados enemigos fuera de ese círculo como para que alguien quisiera volver a saber de ella. Peyton no iba a ser la excepción.

Cuando Ava volvió a levantar la vista, él la miraba fijamente, haciéndola sentir cada vez más incómoda.

–¿Qué pasó anoche entonces?

–Estabas en Basilio's cuando llegué. Oí que alzaban la voz en la barra y vi a Dennis. Es el camarero. Estaba hablando contigo. Te sugirió que te tomaras una taza de café en vez de tomar otra copa.

–¿Llamas al camarero por su nombre de pila?

–Sí. Y a Basilio, el dueño; y a Marcus, el camarero que me ayudó a llevarte al coche. Suelo comer a menudo en ese restaurante.

Era el único sitio del barrio que se podía permitir cuando tenía que entretener a posibles clientes y empresarios, pero eso tampoco iba a decírselo a Peyton.

Él asintió.

—Claro. ¿Para qué ibas a cocinar para ti si puedes pagarle a alguien para que lo haga?

Ava ignoró el comentario.

—Bueno, en cualquier caso, te molestó que Dennis te dijera que habías bebido demasiado, pero en realidad sí que habías bebido demasiado, Peyton, y te pusiste un poco beligerante.

—¿Beligerante? Yo nunca me pongo beligerante.

Ava guardó silencio.

Él pareció darse cuenta de lo que estaba pensando.

—Ya no. Llevo mucho tiempo sin ponerme beligerante con nadie.

«Unos dieciséis años, exactamente», pensó Peyton. Tras la graduación, los receptores de su beligerancia, sobre todo ella, habían salido de su vida para siempre.

—Basilio iba a echarte del local, pero yo… Quiero decir que, cuando me di cuenta de que te conocía, yo… —Ava emitió un sonido de impaciencia—. Le dije que tú y yo éramos viejos amigos. Y me ofrecí a llevarte a casa.

—¿Y él te dejó? ¿Te dejó marcharte con un tipo beligerante al que no conocía de nada? Vaya. Ya veo que no quería arriesgarse a ofender a una de las mejores clientas del local.

Ava trató de mantener la calma.

—Me dejó porque tú te calmaste un poco cuando me reconociste. Cuando Marcus y yo te metimos en el coche, empezaste a ser agradable, de hecho. Lo sé. Es difícil de creer. Pero una vez estabas en el coche, te desmayaste de repente. No tuve más remedio que traerte aquí. Logré despertarte el tiempo suficiente para meterte en casa, pero mientras preparaba la cafetera, lograste llegar al baño y volviste a salir rápidamente. Pensé que a lo mejor se te pasaría en unas horas, pero no fue así.

–He trabajado mucho durante las últimas semanas, en un proyecto muy difícil. No he dormido mucho.

–También estabas bastante borracho –le recordó, sobre todo porque todavía no se había recuperado del último sarcasmo.

¿Qué clase de trabajo haría? ¿Cómo habría sido su vida desde que habían dejado el instituto? ¿Desde cuándo vivía en San Francisco? ¿Estaba casado? ¿Tendría hijos?

Ava no pudo evitar mirarle la mano izquierda. No llevaba ningún anillo, ni tampoco tenía ninguna marca en los dedos. No obstante, eso no significaba que no hubiera una persona importante en su vida.

–¿Por qué has vuelto a Chicago?

Él titubeó.

–Estoy aquí porque el consejo directivo de mi empresa me ha hecho venir.

–¿Consejo directivo? ¿Tienes un consejo directivo?

La pregunta sonó aún peor en la realidad que en su mente.

–Sí, Ava –le dijo él, sin darle tiempo a disculparse–. Tengo un consejo directivo. Es parte de la empresa de la que soy el máximo accionista, por no mencionar que también soy el director general. La empresa lleva mi nombre porque soy el dueño.

Ava no daba crédito a lo que acababa de oír. Pero su sorpresa no se debía al hecho de haber descubierto que le había ido bien en la vida. Siempre había sabido que Peyton podía ser o hacer lo que se propusiera. Sin embargo, jamás se lo hubiera imaginado en el ámbito corporativo. Él siempre había despreciado y criticado el mundo de la empresa. Odiaba a toda la gente que intentaba ganar un montón de dinero. Despreciaba a todos esos círculos sociales en los que su familia se movía por aquel entonces. ¿Cómo era posible que se hubiera convertido en uno de ellos?

–No tienes por qué poner esa cara. También tenía un par de virtudes en el instituto, y una de ellas era que soy trabajador.

–Peyton, no quería…

–Claro que querías. De hecho, Moss Holdings Incorporated ya está cerca de ser una empresa multimillonaria. La única cosa que me separa de esos ceros adicionales es una pequeña empresa de Mississippi que se llama Montgomery and Sons, y de la que Montgomery y sus hijos ya no son los dueños. Todos murieron hace más de un siglo. Ahora la empresa pertenece a las nietas de los hijos de Montgomery, dos ancianas de más de ochenta años.

Ava no sabía qué decir. Pero él tampoco parecía esperar una respuesta. De repente se impacientó y comenzó a caminar por la habitación.

–Helen y Dorothy Montgomery. Son dos señoras del sur, entrañables. Llevan sombreros y guantes blancos a las reuniones y mandan cestas llenas de conservas y calcetines que han hecho ellas mismas. Son una leyenda en el mundo de los negocios.

Se detuvo y fijó la vista en un punto cercano a la puerta de entrada. Parecía que miraba algo, pero allí no había nada.

–Sí. Todo el mundo adora a las hermanas Montgomery. Son tan dulces y mayores, tan menudas y sureñas. Voy a parecer un matón y un imbécil cuando vaya a por su empresa con mi... ¿Cómo es que lo dijo el *Financial Times*? –vaciló, fingió pensarlo un momento–. Oh, sí. Ya me acuerdo. Con mi «acostumbrada crueldad fría y abrumadora». Y nadie querrá volver a hacer negocios conmigo.

En ese momento sí que miró a Ava. En realidad la atravesó con la mirada, como si ella fuera la culpable de todo lo que le ocurría, fuera lo que fuera.

–Tampoco es que haya mucha gente ahora mismo en el mundo de los negocios a la que le caiga bien. Pero por lo menos sí que hacen negocios conmigo, porque saben lo que les conviene.

Ava no estaba segura de ser parte de esa conversación, pero se atrevió a preguntar algo.

–¿Pero entonces por qué vas a por la empresa de las Montgomery, con crueldad o como sea?

Peyton volvió a sentarse. Todavía parecía muy agitado.

–Porque eso es lo que hace Moss Holdings. Eso es lo que yo hago. Voy a por las empresas que están en crisis, las compro por una mínima parte de lo que valen y entonces hago que remonten. Normalmente lo hago librándome de aquello que es innecesario: empleados, incentivos. Y después vendo esas empresas por una fortuna, o las desmantelo y vendo sus partes al mejor postor por un montón de dinero. De una forma u otra, no soy la clase de tipo al que la gente se alegra de ver, porque mi llegada significa despidos, el fin de la tradición y de una forma de vida.

Ava estaba perpleja. ¿Cómo era posible que Peyton Moss se dedicara a hacer algo que abocaba a la gente a la indigencia de la que él mismo se había esforzado tanto por salir cuando era un adolescente?

–¿Entonces por qué lo haces?

–Porque obtengo un gran beneficio y gano un montón de dinero.

Ava le hubiera preguntado por qué era tan importante para él ganar dinero, hasta el punto de destruir puestos de trabajo y alienar a la gente. Sin embargo, ya sabía la respuesta. Para mucha gente que crecía en la pobreza el dinero se convertía en su primera prioridad.

–Pero… ¿por qué te estoy contando todo esto? –dijo Peyton, exasperado.

–No lo sé. A lo mejor es que necesitabas desahogarte un poco, ¿no? Aunque no sé por qué ibas a necesitar desahogarte respecto a un negocio, teniendo en cuenta que te dedicas a lo mismo todo el tiempo. O tal vez es que hay algo en este caso particular que te hace sentir como un matón y un imbécil.

—En cualquier caso, por el bien de las relaciones públicas y de posibles proyectos futuros, mi consejo directivo pensó que no sería una buena idea ir a por la empresa de las Montgomery de la manera usual, es decir, arrebatándosela a sus dueños cuando no sospechan nada. Creen que debería —hizo un gesto con la mano— quitarles ese peso con sutileza utilizando mi encanto y mi ingenio.

Las palabras «sutileza» y «Peyton Moss» no encajaban bien, por no hablar de la segunda parte de la frase. Ava, sin embargo, mantuvo la boca cerrada en esa ocasión.

—El consejo pensó que sería más fácil evitar demandas y problemas con los sindicatos si consigo que las Montgomery me vendan su empresa de forma amistosa en lugar de arrebatársela. Por eso me han enviado aquí. Quieren que «exorcice mis demonios de la calle y que aprenda a ser un caballero», literalmente. Incluso me han mandado a ver a un Henry Higgins cualquiera para que me meta en cintura. Y entonces, cuando esté bien domesticado, me dejarán volver a San Francisco para comprar Montgomery and Sons, con sutileza —repitió con sorna—. De esa forma mi reputación manchada se quedará en «manchada» y no irá a peor.

Miró a Ava como si en efecto esperara alguna respuesta, pero ella no tenía ninguna que darle. Aunque empezaba a comprender por fin lo que le había llevado a Chicago, no sabía muy bien qué esperaba oír de ella. Sin duda alguna Peyton Moss no había sido criado para ser un caballero, pero eso no significaba que no pudiera llegar a serlo, con una guía adecuada. Ava, sin embargo, no era capaz de imaginarse a la versión refinada del chico que había conocido en el instituto.

–¿Pero quieres saber lo mejor de todo? –le dijo al ver que guardaba silencio–. Lo mejor de todo es que piensan que debería buscarme una novia y casarme ahora que estoy aquí. Incluso me han preparado una entrevista con una de esas casamenteras millonarias para que me presente a la mujer ideal –respiró profundamente y soltó el aire con lentitud.

La primera reacción de Ava fue de alivio al ver que no mantenía una relación con nadie, pero entonces se dio cuenta de que eso estaba a punto de cambiar.

–Piensan que las hermanas Montgomery se sentirán mejor dejando el negocio en manos de una familia, y no en manos de un soltero despiadado y frío como yo –sonrió sin ganas–. Para contestar a tu pregunta por fin, Ava, he vuelto a Chicago para borrar todo rastro embarazoso de mi pasado de pordiosero y para aprender a ser un caballero que sepa comportarse en sociedad. Y se supone que tengo que encontrar a una chica de bien que me dé un plus de respetabilidad.

—Bueno… Espero que seas muy feliz con esa chica de bien y en esa sociedad.

—Eh, ¿qué pasa, Ava? —le preguntó con ese mismo tono frío—. ¿No soportas que esté en el mismo bando que tú ahora?

—Peyton, no es…

—Sí. Ahí me ha salido algo del barrio.

—Peyton, no quería…

—Cuando dejas entrar a la chusma, todo se va al traste, ¿no?

Ava desistió de su empeño en disculparse. Era evidente que él no iba a dejarla hablar.

—¿Qué me dices de ti entonces?

—¿Qué pasa conmigo?

—¿Qué haces ahora? Recuerdo que querías ir a Wellesley. Ibas a estudiar arte o algo así.

Ava se llevó una gran sorpresa al ver que recordaba su primera elección. Ella misma casi la había olvidado. Había dejado de pensar en esas cosas en cuanto se había evaporado la fortuna de su familia. Siempre había sido lista, pero también era perezosa. No se había preocupado mucho por las notas porque sabía que sus padres tenían suficiente dinero como para asegurarle la entrada en cualquier facultad. El único motivo por el que la habían aceptado en el instituto privado de Milwaukee habían sido sus puntuaciones altas en el examen de acceso.

¿Cómo iba a decirle a Peyton que había terminado estudiando ciencias empresariales en una universidad local? No había recibido una mala educación, pero el lugar en el que había estudiado no tenía nada que ver con ese entorno elitista al que había aspirado desde un principio.

–Lengua –dijo, evadiendo el tema–. Quería estudiar lenguas.

Él asintió.

–Sí. ¿Dónde terminaste entonces?

–En Wisconsin –dijo, dando un rodeo. Le dejó pensar que hablaba de la universidad, y no del estado.

Él arqueó las cejas, sorprendido.

–¿La Universidad de Wisconsin? Curiosa elección.

–La Universidad de Wisconsin tiene un departamento de lengua excelente.

Y era cierto, pero ella no había formado parte de ese departamento. Sin embargo, tampoco le había mentido a Peyton. En ningún momento le había dicho que había ido a la Universidad de Wisconsin. Él lo había dado por sentado sin más, de la misma manera que había dado por sentado muchas cosas más sobre ella. ¿Por qué iba a corregirle? Iba a salir de su vida en cuestión de minutos.

–¿Y ahora tienes una tienda de ropa? Me alegra ver que le estás dando buen uso a esa carrera de lenguas. Pero no trabajas en la tienda, ¿no? Ahora que lo pienso, las lenguas son una buena especialización para una heredera, teniendo en cuenta que no tienes que matarte a trabajar para ganarte la vida, como hacemos los demás.

Ava se mordió la lengua en vez de defenderse.

—¿Te has terminado el café?

—Sí. He terminado —dijo él, mirando la taza, sin hacer ni el más mínimo ademán de levantarse.

Ava volvió a mirarle y pensó en todas las cosas que había averiguado de él. Había llegado a lo más alto en poco más de una década. Ella había terminado la universidad a la misma vez, pero todavía tenía que hacer malabares para llegar a fin de mes, y siempre se había considerado ambiciosa. Él, sin embargo, había llegado mucho más lejos en el mismo período de tiempo.

No era ambición. Era… Ese era Peyton.

Jamás hubiera adivinado adónde había llegado, no obstante, si él no se lo hubiera dicho. Cuando le había quitado la chaqueta y los zapatos la noche anterior, se había dado cuenta de que no eran prendas a medida. La deformación profesional le hacía darse cuenta de esas cosas. Tanto los zapatos como la chaqueta habían sido comprados en una tienda cualquiera, en grandes almacenes tal vez.

De repente, él se puso en pie. Titubeó un momento, como si quisiera decir algo más, pero entonces se dirigió hacia la cocina sin decir ni una palabra. Ava le oyó fregar la taza y entonces regresó al dormitorio. Se puso la chaqueta y los zapatos y se colgó la corbata del cuello de cualquier manera.

Durante una fracción de segundo se miraron a los ojos en silencio. Ava hubiera querido decirle tantas cosas. Hubiera querido que súpiera tantas cosas. Hubiera querido contarle todo lo que le había ocurrido a su familia aquel verano, cómo le había cambiado la vida en el último año de instituto… No era capaz de encontrar las palabras, no obstante.

—Gracias, Ava, por no dejar que pasara la noche tirado en un callejón por ahí.

—Estoy segura de que hubieras hecho lo mismo por mí.

Él guardó silencio. Fue hacia la puerta, la abrió y salió sin más. Durante un segundo Ava pensó que iba a marcharse sin despedirse, tal y como había hecho dieciséis años antes, pero justo cuando iba a cerrar la puerta se volvió hacia ella.

—Ha sido… curioso… volver a verte.

—Adiós, Peyton. Me alegro de que te vaya bien. Me alegro de que estés bien.

—Sí, bueno. Claro. Me va muy bien.

El comentario fue extraño. Parecía sarcástico, pero ¿por qué iba a pensar lo contrario? Tenía todo aquello por lo que se había esforzado.

Antes de que Ava pudiera decir una palabra más, la puerta se cerró suavemente. Y entonces, tal y como había ocurrido dieciséis años antes, Peyton desapareció de su vida.

Y no le había dicho adiós.

Capítulo Tres

Rara vez se oía la voz de un hombre en En Boca de Todos, así que cuando Ava tuvo claro que la grave voz de barítono proveniente de la tienda no era la de un repartidor, ya no pudo concentrarse más en los horarios de los empleados para el mes siguiente.

Pero esa voz no era la de un hombre cualquiera. Era la de Peyton.

Lucy, una de sus dependientas a tiempo completo, se asomó por la puerta.

–Hay un hombre que te busca, Ava –dijo, recolocándose sus pequeñas gafas negras–. Un tal señor Moss. Se sorprendió cuando le dije que estabas aquí. Parecía que quería conseguir tu número de teléfono –añadió la joven, bajando la voz–. Pero yo nunca se lo daría. Claro –sonrió y bajó la voz hasta hablar en un susurro–. No sé si quieres salir y hablar con él. Es guapísimo.

Ava suspiró. Claramente Peyton no había perdido la habilidad de subir de cero a cien en la escala de encanto personal en cuestión de segundos.

¿Qué estaba haciendo en la tienda? Habían pasado cinco días desde que le había rescatado del restaurante y desde entonces Ava no había hecho otra cosa que pensar en todo lo que hubiera querido decirle. Siempre se había dicho a sí misma que si algún día se encontraba con alguno de sus antiguos compañeros de Emerson, esos a los que tan mal había tratado, se disculparía y trataría de recompensarles por el daño que les había hecho.

¿Pero por qué no había intentado decirle nada el sábado anterior entonces? ¿Por qué no se había disculpado con él?

—Lucy, hazle pasar al despacho.

La sorpresa de Lucy fue evidente. Ava nunca permitía que nadie, excepto los empleados, entrara en los espacios privados de la tienda. Las zonas abiertas al público de la tienda tenían una decoración opulenta y lujosa, las oficinas, en cambio, eran espacios funcionales y básicos. El despacho de Ava era pequeño y estaba lleno de cosas y no había nada bonito en toda la estancia.

Lucy desapareció, pero su voz sonó con claridad desde la tienda.

—Puede venir al despacho. Es por aquí.

Ava se alisó un poco el vestido. Era entallado, con un estampado de jaguar, y acababa de llegar a la tienda. Se lo había puesto para ver si era cómodo y práctico.

Peyton no tardó en entrar en el despacho. Su aspecto era mucho mejor que la última vez que le había visto. Llevaba el cabello ligeramente alborotado y sus ojos color ámbar parecían despiertos y despejados. En esa ocasión no llevaba un traje, sino unos vaqueros gastados y una vieja cazadora de cuero combinada con un suéter de color marrón chocolate.

Durante unos segundos no dijo nada, sino que se limitó a mirarla tal y como había hecho el sábado, como si no pudiera creerse que fuera de carne y hueso.

–Hola –le dijo por fin.

–Hola.

Ava trató de hablarle con normalidad, pero se sentía igual que el sábado anterior, como si estuviera en el instituto de nuevo.

Se hizo el silencio durante unos segundos incómodos.

–Me ha sorprendido que estuvieras aquí. Vine a la tienda para ver si alguien me podía decir dónde podía encontrarte. No esperaba que estuvieras aquí.

–Estoy aquí más tiempo del que te imaginas… Hoy recibimos un par de trajes de fiestas de Givenchy y quería echarles un vistazo antes de ponerlos en la tienda –todo eso era cierto.

–Entonces he tenido suerte al haber venido hoy –le dijo él. Parecía un tanto ansioso.

–¿Cómo es que has venido? Pensé que ibas a estar muy ocupado con tu Henry Higgins y tu casamentera.

Él sonrió de oreja a oreja y cambió el peso de un pie al otro.

–Sí, bueno, en realidad… –respiró profundamente–. Es por eso que estoy aquí –señaló la silla que estaba delante del escritorio–. ¿Te importa si me siento?

–Claro que no –dijo Ava. En realidad sí le importaba, porque no quería tenerle tan cerca.

Peyton tomó asiento. Ava esperaba que dijera algo más, pero él se limitó a mirar a su alrededor. Su mirada recayó en el calendario Year in Fashion. En abril tocaba Pierre Cardin. Después se fijó en los gruesos ejemplares de *Vogue, Elle y Marie Claire* que estaban sobre el escritorio, y por último reparó en los catálogos que estaban junto a los horarios de los empleados en los que Ava había estado trabajando hasta ese momento.

Los horarios, con su nombre y sus turnos al comienzo de la página… Sin perder tiempo Ava agarró los catálogos y los puso encima de los horarios.

Peyton la miró a los ojos por fin.

–Lo de Henry Higgins no salió bien.

–¿Qué pasó?

Él apartó la mirada.

–Me dijo que tenía que dejar de decir palabrotas y mejorar mi lenguaje.

Ava se mordió el labio para no reírse.

–Bueno, si vas a tener que vértelas con dos ancianitas entrañables de Mississippi de más de ochenta años de edad, que llevan sombreros y guantes blancos, creo que es un buen consejo.

–Sí, pero las hermanas Montgomery están a unos cinco estados de distancia. No me van a oír decir palabrotas en Chicago.

–Pero si es una costumbre que tienes, ahora es

un buen momento para empezar a quitártela, ya que...

—Maldita sea, Ava, no puedo dejar de decir palabrotas cuando me da la gana.

—Oh, ¿en serio?

—Sí.

—Ya veo.

—Y deberías haber visto los trajes que quería que me pusiera.

—Bueno, los trajes son algo necesario para los empresarios, sobre todo aquellos que tienen tus responsabilidades. El otro día llevabas un traje cuando fuiste al restaurante de Basilio. ¿Qué problema tienes ahora con los trajes?

—El problema no son los trajes en general, sino los trajes que Henry Higgins quería que me pusiera.

Ava esperó a que le diera más información, pero él no dijo nada más.

—¿Podrías ser un poco más específico?

Peyton frunció el ceño.

—Uno de ellos era morado. Oh, perdón... Quería decir «berenjena». Y el otro era del mismo color de lo que escupían los chicos del equipo cuando les daban muy fuerte en el pecho.

—Los dos están muy de moda, sobre todo para hombres jóvenes como tú. Parece que Henry sabe lo que hace.

Peyton sacudió la cabeza.

—Los trajes nunca deberían ser de un color que no sea el gris, el marrón o el negro. No son de color pizarra, ni espresso ni tampoco ébano —añadió en un tono de voz que indicaba que ya había tenido esa conversación con Henry Higgins—. Gris, marrón, negro. En algunas ocasiones, quizás, pueden ser de color azul marino, pero no son de color azul «medianoche» —dijo al verla abrir la boca para decir algo—. Azul marino. Y desde luego no deberían ser morados o verde vómito.

Ava cerró la boca.

—Y no me hagas empezar con lo de las clases de etiqueta que Henry me dijo que tenía que tomar. Todas esas tonterías sobre el protocolo, sea lo que sea. Incluso me dijo qué puedo comer y qué no puedo comer en un restaurante.

—Peyton, todas esas cosas son importantes cuando tienes que tratar con gente en el ámbito profesional, sobre todo cuando estás haciendo negocios con gente de la vieja escuela. Y parece que las Montgomery son de esa clase de personas.

Peyton frunció el ceño.

—Ava, no he llegado hasta aquí estudiando códigos de etiqueta y protocolo, sea lo que sea. He llegado hasta aquí sabiendo muy bien lo que quiero y yendo a por ello.

—Y está claro que eso te ha funcionado en el pasado, pero tú mismo admitiste que tendrás que hacer las cosas de otro modo con las Montgomery. Y eso significa que tienes que jugar según otras reglas.

—Me gustan las reglas que tengo ahora.

—Entonces haz las cosas a tu manera.

Ava se preguntó de nuevo por qué estaba allí. La conversación había tomado un derrotero bastante extraño.

Él masculló algo ininteligible.

—Lo único que digo es que este hombre no tiene ni idea de quién soy, y no sabe lo que me conviene y lo que no. Tengo que trabajar con alguien que pueda pulirme un poco sin quitarme lo que me queda de mi identidad.

Poco a poco Ava comenzó a entender las cosas. Él quería que le recomendara a otro estilista.

—Hay muchos estilistas buenos en Chicago. Muchos de ellos traen a sus clientes a mi tienda —tomó la carpetilla en la que guardaba las tarjetas profesionales—. Dame un momento, a ver si encuentro a alguien que encaje contigo.

Ava sabía que lo que acababa de decirle era una posibilidad bastante remota. ¿Quién iba a estar dispuesto a soportar la rusticidad y la rudeza de Peyton Moss? Lo único que podía esperar era encontrar a alguien que no se dejara intimidar fácilmente. De repente recordó al estilista que había trabajado con los Bears justo antes de su aparición en la Super Bowl. Le habían tenido que poner dos dientes nuevos, pero...

Peyton puso una mano sobre la de Ava antes de que pudiera abrir la carpetilla.

—No, Ava. No lo entiendes. Cualquier persona a la que me recomiendes va a ser igual que Henry Higgins. Ellos no me conocen. No sabrán qué hacer conmigo.

Ella guardó silencio durante unos segundos. No podía dejar de mirar las manos unidas. Apartó la suya rápidamente y se la puso en el regazo.

–¿Entonces por qué…?

En cuanto volvió a mirarle a los ojos comenzó a entenderlo todo.

–Peyton, ¿por qué estás aquí exactamente?

Él se inclinó hacia delante en su silla y bajó las manos.

–¿Exactamente? Estoy aquí porque no sabía adónde ir. No queda mucha gente en esta ciudad que me recuerde.

Ava dudaba que eso fuera verdad.

–Y hay aún menos gente a la que quiera ver.

Ava sí estaba de acuerdo en eso.

–Se supone que no puedo volver a San Francisco hasta que… –hizo un gesto con la mano, como si estuviera buscando la palabra adecuada– esté en condiciones de socializar en el entorno adecuado.

Ava guardó silencio porque realmente no sabía qué decir. Él soltó el aliento y se echó hacia atrás en su silla.

–Ava, quiero que seas mi Henrietta Higgins.

Peyton se dijo a sí mismo que no debería haberse sorprendido tanto ante la reacción de Ava. Él había experimentado algo parecido el día anterior cuando se le había ocurrido la idea, poco después de haber escapado del despacho de Henry

Higgins. Pero le hubiera sido imposible seguir trabajando con ese hombre, y algo le decía que las cosas serían igual con cualquier otra persona.

–¿Qué me dices, Ava? –le preguntó, haciendo un esfuerzo por sacar adelante la conversación–. ¿Crees que podrías ayudarme?

–Yo, eh…

–Estas cosas se te dan muy bien, ¿no? Incluso aunque no tuvieras una tienda de moda y cosas así...

Ava se mordió el labio. ¿Moda y cosas así? Hablaba como un adolescente.

–Sabes cómo debe vestirse y comportarse una persona en situaciones sociales concretas.

–Sí, pero…

–Y me conoces lo bastante bien como para no vestirme de morado.

–Bueno, eso es verdad, pero…

–Y me hablarías como debe ser. Y no me dirías –comenzó a imitar al señor que había intentado vestirle de morado–: «Señor Moss, ¿tendría la amabilidad de dejar de usar ese lenguaje soez que no va a hacer otra cosa más que actuar en detrimento de sus posibilidades con las señoritas a quienes se esfuerza por impresionar?». Tú me dirías simplemente: «Peyton, las Motgomery te van a lavar la lengua con jabón si no dejas de decir palabrotas». Y así, sin más, yo sabría de qué estás hablando, y haría bien las cosas.

En esa ocasión Ava arqueó una ceja, pero el gesto no era fácil de leer. Tal vez le parecía gracioso, o a lo mejor le parecía reprochable su comportamiento. Peyton no lo sabía a ciencia cierta.

–De acuerdo. A lo mejor no haría bien las cosas a la primera, pero por lo menos sabría de qué estás hablando y podríamos llegar a un acuerdo.

Ava bajó la ceja, pero la comisura de la boca se le tensó un poco. Peyton no sabía si la línea de sus labios se inclinaría hacia abajo o hacia arriba, pero prefirió ser optimista. Al menos no le había tirado nada a la cara.

–Solo quiero decir que tú, que yo, que nosotros… –soltó el aliento, se incorporó un poco y la miró a los ojos–. Mira, Ava, sé que nunca fuimos los mejores amigos del mundo, pero necesito ayuda para llegar a ser esta nueva versión mejorada de mí mismo y no voy a conseguirlo trabajando con un completo extraño. No conozco a nadie que pueda ayudarme, excepto tú, porque tú eres la única que me conoce.

–Te conocía, cuando estábamos en el instituto. Ninguno de los dos es la persona que solía ser en el pasado.

Había algo en su voz que hizo vacilar a Peyton. Aunque fuera cierto que él ya no era el mismo, Ava sí seguía siendo aquella chica de Emerson. A lo mejor ya no era tan vanidosa y superficial, pero todavía sabía cómo ponerle en su sitio. Seguía teniendo mucha clase, seguía siendo muy hermosa y aún jugaba en otra liga. En realidad no había cambiado en absoluto.

–¿Entonces me ayudarás?

Ella se lo pensó, no obstante. No dejaba de mirarle a los ojos.

–¿Cuánto pagan por hacer este trabajo?

Peyton se quedó boquiabierto.

–¿Que cuánto pagan?

Ella asintió.

–Sí. Le ibas a pagar a tu anterior estilista, ¿no?

–Sí, bueno, pero ese era su trabajo.

Ella se encogió de hombros.

–¿Qué me quieres decir con eso?

Peyton no sabía qué quería decir con eso. Simplemente había pensado que Ava podría ayudarle. Jamás hubiera imaginado que adoptaría esa postura tan mercenaria.

–Muy bien. Te pagaré lo que le pagaba al otro estilista –dijo la cifra, un número demasiado alto para alguien que le decía a otros cómo debían vestirse, hablar y comer.

Ava sacudió la cabeza.

–No. Me parece que tendrás que esforzarte un poco más.

–¿Qué?

–Peyton, si quieres hacer uso de mis conocimientos y experiencia en esta materia, entonces yo espero que se me recompense de acuerdo con ello.

–Muy bien. ¿Cuánto cobras por tus conocimientos y experiencia?

Ella se lo pensó durante unos segundos y entonces dijo una cifra un cincuenta por ciento mayor que la anterior.

–Es una locura –añadió–. Se podría construir el Taj Mahal con ese dinero.

Ella no dijo nada, así que le ofreció un diez por ciento más.

Ella guardó silencio.

Le ofreció un veinticinco por ciento más.

Ladeó la cabeza.

Le ofreció un cuarenta por ciento más.

–Muy bien –dijo ella con una sonrisa de satisfacción.

–Estupendo.

–Bueno, no quería ser intransigente.

Esa vez fue Peyton el que no dijo nada, pero de repente se dio cuenta de que no guardaba silencio porque estuviera molesto a causa de ese improvisado regateo. Guardaba silencio porque otra vez volvía a sentir una deliciosa sensación que ya creía perdida: la sensación de discutir con Ava Brenner.

–Pero, Peyton, tendrás que hacer las cosas a mi manera.

Peyton esperó unos segundos antes de contestar.

–Muy bien –dijo finalmente–. Haremos las cosas a tu manera.

Ella sonrió de oreja a oreja.

Capítulo Cuatro

Una hora más tarde, Ava y Peyton estaban sentados el uno frente al otro en un restaurante de State Street. Como había perdido toda una semana con el estilista anterior, él le había pedido que empezaran inmediatamente. Eran casi las doce, y la había invitado a almorzar. Ella le había pedido a una de las empleadas de la mañana que la sustituyera en el turno de tarde.

Ava había descubierto que estaba contenta con la idea de haber asumido la tarea, y no era por el dinero que iba a pagarle. La cifra que habían acordado apenas serviría para cubrir el coste de las dos empleadas adicionales que necesitaría en la tienda para cubrir los turnos vacantes debido a su ausencia. Esa extraña felicidad, sin embargo, provenía de una fuente muy distinta. Por fin tendría una oportunidad para recompensarle por lo mal que le había tratado en el instituto.

Suspiró y le miró, no porque estuviera pensando en lo guapo que estaba allí sentado, leyendo el menú, sino porque estaba inclinado hacia delante, con un codo sobre la mesa y la barbilla apoyada en la mano. Al entrar en el restaurante se había adelantado y se había sentado directamente, sin reparar en ella ni un segundo. Había tomado la carta y se había puesto a leerla como si no hubiera comido nada en toda una semana.

Todos esos detalles la ayudaban a hacerse una idea del reto al que se había enfrentado Henry Higgins.

—Peyton —le dijo en un tono calmado.

—¿Sí? —dijo él, sin dejar de mirar la carta.

Ella esperó a que la mirara a la cara y entonces se irguió y tomó la carta de la mesa con un gesto sosegado. Esperaba que se diera cuenta de que le estaba dando un ejemplo de buenas maneras.

Pero él no cambió de postura.

—¿Qué pasa?

Ella echó atrás los hombros y se irguió aún más.

—¿Qué? —repitió él, más molesto todavía.

Ava no tuvo más remedio que tratarle como a un niño.

—Siéntate derecho.

Él pareció confuso.

—¿Perdona?

—Siéntate derecho.

Abrió la boca como si quisiera objetar algo, pero ella arqueó una ceja y le hizo cerrarla de golpe. Se irguió y se recostó contra el respaldo de la silla. Era evidente que no le gustaba verse obligado a hacerlo, pero lo hizo de todos modos.

—Quita el codo de la mesa.

Peyton frunció el ceño, pero hizo lo que le pedía.

Satisfecha por haber logrado captar su atención, Ava continuó con la lección del día.

—Y cuando entres en un restaurante con una mujer y el camarero te conduzca a la mesa, siempre deberías dejar pasar primero a la mujer y seguirla para que…

—¿Pero cómo va a saber adónde va si camina delante de mí?

Ava mantuvo esa calma propia de su vocación de maestra.

—A lo mejor te sorprende lo que te voy a decir, Peyton, pero una mujer puede seguir al camarero hasta la mesa igual de bien que un hombre. Además… —añadió al ver que él tenía intención de objetar algo— cuando los dos lleguéis a la mesa, si el camarero no la lleva a una silla concreta o saca la silla para que se siente, entonces tienes que hacerlo tú.

—Pero yo pensaba que las mujeres odiaban que los hombres les saquen las sillas, o que les abran la puerta, o que hagan cualquier otra cosa por ellas.

—Es cierto que algunas mujeres prefieren hacer esas cosas ellas mismas, pero no todas. La sociedad ha avanzado hasta un punto en el que esas cosas ya no son vistas como sexismo, y ahora es solo una cuestión de…

—¿Desde cuándo? —preguntó Peyton, interrumpiéndola—. La última vez que le abrí la puerta a una mujer casi me muerde.

Ava logró mantener la compostura.

—¿Y cuándo fue eso?

Peyton lo pensó durante unos segundos.

–En realidad, creo que fuiste tú. Yo salía de la clase de química y tú ibas a entrar.

Ava recordaba aquella anécdota claramente.

–El motivo por el que casi te muerdo no fue que me sujetaras la puerta. Fue porque Tom Sellinger y tú empezasteis a hacer ruidos tontos cuando yo entré.

Peyton sonrió de oreja a oreja.

–Oh, sí. Había olvidado esa parte.

–Bueno, en cualquier caso, hoy en día se trata de una cuestión de cortesía abrirle la puerta a alguien, ya sea un hombre o una mujer, y es lo mismo cuando hay que sacar una silla para una mujer. Pero tienes razón cuando dices que hay mujeres que prefieren hacerlo ellas mismas. Reconocerás a las mujeres que prefieren hacer esas cosas solas por la forma en que escogen una silla cuando llegan a una mesa. Verás que sacan la silla enseguida. Esa es una buena indicación de que no tienes que hacerlo por ellas.

–Lo pillo –dijo Peyton, sonriendo y utilizando esas palabras de adolescente a las que tan apegado parecía estar.

–Pero según lo que me has dicho de las Montgomery, ellas esperarán que tengas esa deferencia hacia ellas.

–Sí, bueno. Supongo que tienes razón.

–No farfulles cosas.

Él volvió a mirarla.

–Muy bien. La próxima vez que esté en un restaurante con una mujer, la dejaré entrar primero y buscaré pistas. ¿Algo más?

–Oh, sí –le aseguró Ava con entusiasmo–. No hemos hecho más que empezar. Una vez te sientes, dejas que sea ella quien primero abra la carta.

Peyton quiso hacer otra pregunta, pero Ava no le dejó.

–Y cuando estés mirando la carta, está bien que entables una pequeña conversación sobre las opciones que ofrece el menú. No te quedes ahí mirando la carta hasta que tomes una decisión. Y también pregúntale a tu compañera qué le gusta más. Si estás en un restaurante donde has comido antes, incluso puedes sugerirle algún plato que te guste.

Peyton pensó en ello durante unos segundos.

–No me vas a hacer pedir por ti, ¿no? Eso lo odio.

–No te voy a hacer pedir por mí, pero a algunas mujeres les gusta que los hombres lo hagan.

–Bueno, ¿cómo demonios voy a saber si quieren que elija por ellas o no?

Ava se aclaró la garganta con discreción. Él la miraba como si no tuviera ni la más remota idea del por qué, pero ella se mantuvo firme.

Peyton repasó lo que acababa de decir y entonces puso los ojos en blanco.

–Muy bien. ¿Cómo… voy a saberlo?

–Lo sabrás porque ella te dirá lo que tiene pensado tomar y, cuando se acerque el camarero, la mirarás y ella te devolverá la mirada y no dirá nada. Si mira al camarero y dice que empezará con la crema de cangrejo y que luego se tomará una ensalada, entonces sabrás que va a pedir por sí misma.

–¿Entonces qué crees que harán las Montgomery?

–No tengo ni idea.

–Maldita sea, Ava, yo…

Ella arqueó las cejas de nuevo y Peyton emitió un gruñido.

–Odio esto –masculló finalmente–. Odio tener que comportarme como alguien que no soy.

Ava no estaba de acuerdo en eso. En el fondo estaba convencida de que él tenía el potencial necesario para llegar a convertirse en un caballero.

–Sé que lo odias –le dijo, a pesar de todo–. Y cuando termine tu operación de adquisición de la empresa de las Montgomery, si quieres volver a los malos hábitos, nadie te lo va a impedir. Hasta entonces, no obstante, si quieres que la compra tenga éxito, vas a tener que hacer lo que te digo.

Peyton soltó el aliento con exasperación y murmuró otra obscenidad. Ava cerró la carta de golpe y se puso en pie, tomando el bolso de la mesa.

–¡Oye! –Peyton se puso en pie también y fue tras ella–. ¿Adónde te crees que vas? Dijiste que ibas a ayudarme.

Ella siguió adelante.

–No si ni siquiera lo intentas. Tengo mejores cosas que hacer. No tengo por qué quedarme aquí soportando tu actitud y escuchando tus palabrotas.

–Sí, supongo que podrías hacer muchas compras esta tarde, ¿no? Y después podrías ir a ese restaurante donde conoces a todo el mundo por su nombre de pila. Algún tipo de esos te sacará la silla y pedirá por ti. Y supongo que nunca dice palabrotas.

Ava se detuvo y dio media vuelta.

–¿Sabes, Peyton? No sé si estás en condiciones de entrar en la sociedad de las personas civilizadas. Adelante. Pásales por encima a las Montgomery con tus maneras de matón. Siempre se te dio mucho mejor eso que pedir las cosas con educación.

¿Cómo había podido creer que aquello iba a funcionar? Haber logrado conversar con él civilizadamente durante diez minutos en su despacho no significaba que pudiera domar a Peyton Moss. Diez minutos. Ese era el mayor periodo de tiempo que habían logrado pasar juntos antes de que empezaran a caer las bombas, excepto aquella noche en la casa de sus padres.

–Disculpa –le dijo, intentando mantener las formas. Dio media vuelta y se dirigió a la salida.

Sin embargo, no había dado ni dos pasos cuando sintió que la agarraban del brazo.

–Lo siento –dijo él inesperadamente.

Era evidente que hablaba de corazón, así que Ava se relajó un poco.

–Muy bien. Disculpas aceptadas.

–¿Quieres volver a la mesa, por favor?

Ava sabía que le había costado mucho pedirle disculpas y usar las palabras «por favor».

A lo mejor nunca dejarían de ser como el fuego y el hielo, pero él se estaba esforzando.

—Muy bien —le dijo—. Pero, Peyton... —dejó la frase sin terminar a propósito.

—Lo sé. Lo entiendo. Y te prometo que haré lo que tú me digas. Te prometo que seré lo que quieres que sea.

Ava no pudo evitar mostrarse escéptica. Podía hacer y decir las cosas que le pidiera que hiciera, pero... ¿Ser lo que ella quería que fuera? Eso nunca iba a pasar.

Nunca la perdonaría por la forma en que le había tratado en el instituto. Nunca sería capaz de verla de otra manera. Para él siempre sería la abeja reina de Emerson. Nunca sería su amigo. Pero no podía culparle por ninguna de esas cosas.

—Empecemos de nuevo —le dijo.

—Muy bien.

Se refería a esa tarde, pero no pudo evitar pensar en lo bueno que hubiera sido poder dar marcha atrás al reloj y retroceder un par de décadas en el tiempo para empezar de nuevo allí también.

La última vez que Peyton había estado en la tienda de un sastre había sido veinte años antes. En realidad era la única vez que había estado en un establecimiento de esa clase, y más bien se trataba de una tienda rancia y ordinaria situada en su viejo barrio de South Side. El dueño se ganaba la vida gracias a las bodas de bajo presupuesto y los bailes de graduación. En aquella ocasión había ido a la tienda para alquilar un traje para el baile de graduación de Emerson.

Pero aquel sitio humilde no tenía nada que ver con el lujoso espacio con paneles de caoba en las paredes y alfombras persas en el suelo en el que se encontraba en ese momento. Siempre compraba la ropa en grandes almacenes y se ponía lo primero que sacaba del armario. Si la ocasión era más formal, entonces se ponía un esmoquin que había comprado en las rebajas de unos grandes almacenes poco después de haberse graduado en la universidad. Su novia de aquella época le había obligado a ir y le había escogido un «de la renta vintage» que jamás pasaría de moda, según ella. Le había costado cuarenta dólares, y eso ya le había parecido bastante dinero.

Ava, sin embargo, tenía otras ideas. Nada más ver la docena de prendas que había llevado consigo, le había dicho que su armario necesitaba una renovación completa. Había tenido la sutileza suficiente como para utilizar expresiones tales como «un poco pasado de moda», «mal entallado», entre otras, pero el resultado era el mismo. Ninguna de las cosas que había llevado le había gustado. Y cuando le había hablado del traje «de la renta vintage» que tenía en San Francisco su rostro había sufrido un cambio de color que casi le había llevado a pensar que iba a vomitar en ese momento.

Ava estaba a su lado, delante del espejo del sastre, pero Peyton no miraba su propio reflejo en los tres paneles del espejo, sino el de ella. No podía dejar de pensar en lo hermosa que era.

–Enséñele algo formal de Givenchy –le dijo al sastre–. Y traiga algunos trajes de Hugo Boss, oscuros. A lo mejor algo con raya diplomática, pero que no sea muy atrevido.

El sastre era lo bastante viejo como para ser el abuelo de Peyton, pero por lo menos su traje no era morado, sino gris oscuro, y aunque Peyton no tuviera el ojo entrenado para la moda, sí que podía apreciar el corte impecable de la prenda. El hombre llevaba una cinta métrica colgada del cuello y sus pequeñas gafas negras parecían estar a punto de caérsele de la nariz.

–Excelente elección, señorita Brenner –dijo el señor Endicott antes de irse a buscar las prendas.

Ava se volvió hacia Peyton y contempló su reflejo en el espejo. De repente sonrió.

–Hugo Boss es una de las firmas predilectas de los empresarios de éxito como tú. Es el diseñador perfecto para los ejecutivos de altos vuelos, por lo menos para aquellos que no quieren llevar tonos berenjena y espresso.

Peyton estuvo a punto de corregirla respecto a lo del «ejecutivo de altos vuelos», pero entonces se dio cuenta de que sí era uno de esos ejecutivos. Llevaba sin sentirse así desde su llegada a Chicago.

–Te prometo que no te traerá nada de color morado, o verde vómito –le aclaró ella al ver que no decía nada–. Es uno de los sastres más conservadores de Chicago.

Peyton asintió con la cabeza, pero continuó guardando silencio.

–No es que tu otra ropa esté mal –añadió ella. Claramente había confundido su silencio con irritación–. Como te he dicho antes, solo hace falta modernizarla un poco.

Ava se estaba esforzando mucho por no decir nada que pudiera generar tensiones.

–Mira, Ava, no voy a lanzarme a tu cuello porque me digas que no estoy a la moda. Sé que no lo estoy. Hago esto porque tengo que adentrarme en una esfera empresarial en la que nunca he estado antes, y por tanto tengo que cumplir ciertas expectativas a las que no estoy acostumbrado –se encogió de hombros–. Pero tengo que saber cuáles son esas expectativas. Y por eso estás tú aquí. No te voy a morder si me dices qué estoy haciendo mal.

Ava arqueó una ceja de nuevo, tal y como había hecho el día anterior en el restaurante.

–Ya no lo haré más –le aclaró él–. Ya no te voy a morder más.

Ella volvió a bajar la ceja y entonces sonrió. No era una gran sonrisa, pero era un comienzo.

El sastre regresó con tres trajes y un esmoquin. Aliviado, Peyton soltó el aliento. Ninguno de ellos era de un color que no fuera oscuro. El sastre le ayudó entonces a quitarse la chaqueta de cuero y le hizo un gesto para que se quitara el suéter azul oscuro que llevaba debajo. Cuando se quedó en camiseta interior y vaqueros, el sastre le ayudó a ponerse la chaqueta del primer traje. Murmuró varias cosas y comenzó a medirle los brazos, los hombros y la espalda.

–Y ahora los pantalones.

Peyton miró a Ava a través del espejo.

–Puedes entrar al probador –le dijo ella.

Peyton regresó unos minutos después con un traje negro impecable de raya diplomática y una camisa blanca que el sastre le había dado también. Ava estaba de espaldas, mirando un par de corbatas que había seleccionado mientras él se cambiaba.

–Bueno, ¿qué te parece?

Ella se dio la vuelta con una sonrisa en los labios, pero la sonrisa se desvaneció de golpe.

«Maldita sea», se dijo Peyton.

Seguía sin gustarle, o más bien no le gustaba lo que llevaba puesto.

–Vaya –exclamó ella de repente–. Estás... –tomó el aliento y lo soltó de golpe–. Vaya.

Algo caliente y efervescente atravesó a Peyton por dentro al oír sus palabras. Era una sensación familiar, pero hacía mucho tiempo que no la sentía. En realidad hacía más de quince años que no la sentía. Era la misma sensación que había tenido en una ocasión, cuando Ava le había mirado desde el otro lado de la clase que compartían en Emerson. Durante una fracción de segundo, no se había dado cuenta de que era a él a quien miraba, y su sonrisa era sublime y soñadora. En aquel minúsculo espacio de tiempo le había mirado como si fuera algo que mereciera la pena mirar, y Peyton se había sentido como si ya nada pudiera irle mal en la vida a partir de ese momento.

—¿Entonces, te gusta? —le preguntó.

—Mucho —dijo ella en un tono soñador, igual que aquella vez—. Pero necesitas una corbata.

Dio unos pasos hacia él, se detuvo un instante y entonces avanzó un poco más. Extendió los brazos ofreciéndole las corbatas que había escogido y manteniendo la distancia al mismo tiempo.

—Espero que no te importe, pero comparto la opinión de que la corbata es aquello con lo que un hombre realmente muestra su personalidad. El traje puede ser todo lo conservador que quieras, pero la corbata puede ser un poco más interesante y provocativa —vaciló un instante—. Siempre y cuando sea acorde al carácter del hombre que la va a llevar.

Peyton hubiera querido preguntarle si realmente le creía «interesante y provocador», pero prefirió guardar silencio, sobre todo porque ella parecía haberse sonrojado y no podía dejar de mirar sus mejillas ruborizadas.

—Si no te gustan estas, puedo buscarte algo distinto —dijo ella, dando otro paso adelante sin llegar a acercarse del todo—. Pero cuando vi estas dos, pensé en ti.

Peyton se obligó a mirar las corbatas. Una de ellas tenía un estampado de formas extrañas de muchos colores y la otra parecía una reproducción en acuarela de un bosque tropical. Sorprendentemente, las dos le gustaban. Los colores eran llamativos, pero no llegaban a ser vulgares, y los estampados eran masculinos sin llegar a parecer agresivos. Además, se sentía curiosamente halagado por el hecho de que Ava hubiera pensado en él al escoger las corbatas.

—Buscaré otra cosa entonces —le dijo ella al ver que guardaba silencio—. Había unas a rayas que a lo mejor te gustan más —dio media vuelta.

—No, Ava. Espera.

De una zancada, Peyton recorrió la distancia que le separaba de ella y la agarró del brazo. La hizo darse la vuelta de nuevo. Ava abrió los ojos, sorprendida.

—Yo, eh… Me gustan.

Una vez más Peyton se obligó a mirar las corbatas, pero lo único en lo que fue capaz de fijarse fueron los elegantes dedos que las sostenían. Tenía las uñas pintadas de rojo, y no de rosa, no como aquella noche. En aquella ocasión había pensado que el color de sus uñas era demasiado inocente para Ava Brenner, pero después se había dado cuenta de que estaba equivocado. No tenía tanta experiencia como había creído en un primer momento, y él había sido el primero…

—Probemos con esta —le dijo, sin saber muy bien a qué corbata se refería.

—¿Cuál?

—La de la derecha.

—¿Mi derecha o tu derecha? —le preguntó ella.

Peyton se tragó la palabrota que amenazaba con salir de su boca.

–La tuya.

Ella levantó la corbata que tenía las formas extrañas.

–También era mi favorita.

Antes de que Peyton tuviera tiempo de reaccionar, ella dio un paso adelante y le puso la corbata alrededor del cuello. Le subió el cuello de la camisa y se la puso por debajo. Peyton se vio rodeado por un suave aroma floral que no disolvía los recuerdos que le bailaban en la cabeza. Además, el revoloteo de sus dedos mientras le colocaba la corbata le disparaba el pulso. Haciendo un esfuerzo por conservar la cordura, Peyton cerró los ojos y comenzó a hacer una lista mental de todas las cervecerías que había visitado durante sus viajes. Afortunadamente, cuando llegó a Zywiec, Polonia, ella ya le estaba haciendo el nudo.

–Ya está –le dijo.

Parecía que le faltaba un poco el aliento.

–Ya lo tienes.

–Gracias.

–De nada –le dijo ella en un tono seco.

La incomodidad de la situación no pasaba inadvertida para ninguno de los dos.

Por suerte, el señor Endicott eligió ese momento para comenzar con las mediciones y los ajustes. Anotó varias cosas en un cuadernillo, hizo algunas marcas sobre la prenda con un trozo de tiza y metió alfileres. Una vez hubo terminado le dijo a Peyton que fuera a probarse el siguiente traje.

Cuando regresó, Ava estaba cerca del espejo,

colocando algunas corbatas más en un galán de noche de madera. Al verle acercarse, se apresuró y fue a pararse al otro lado de la estancia.

Esa vez Peyton sí se ató la corbata él mismo, aunque no lo hizo tan bien como Ava. Cuando terminó se volvió hacia ella, pero ella seguía revisando unas corbatas que estaban sobre una mesa, aunque seguramente ya las habría mirado unas cuantas veces.

Peyton se aclaró la garganta para llamar su atención, pero ella siguió rebuscando entre las corbatas, así que se volvió hacia el sastre.

—Este también está muy bien —dijo.

El sastre sacó la tiza y la cinta métrica y se puso manos a la obra. Todo el ritual de ajustes se repitió dos veces más, una para probar otro traje y la última para ajustar el esmoquin. Sin embargo, a pesar de todos sus esfuerzos, Peyton no logró llamar la atención de Ava hasta que bajó de la plataforma con el esmoquin puesto. Fue entonces cuando ella se dignó a mirarle, pero esa vez no apartó la mirada, sino que le miró de arriba abajo un par de veces.

Él contuvo el aliento y esperó a ver si sonreía. Ella no lo hizo, no obstante.

—Eh, creo que este te va a quedar muy bien, pero necesitas un corte de pelo —añadió sin darle tiempo a decir nada.

—Supongo que eso ya estaba en la lista de cosas por hacer, ¿no?

Ella asintió.

–Esta tarde. Concerté una cita en mi salón de belleza. Son muy buenos.

–¿Tu salón de belleza? ¿Qué tiene de malo una barbería?

–Nada, si trabajas en los muelles.

–Ava, nunca he entrado a un salón de belleza y tengo intención de mantener ese récord.

–Es un sitio unisex –le dijo ella, como si eso lo arreglara todo.

–Me da igual, búscame un buen babero.

Ava abrió la boca para objetar algo, pero su reticencia debió de quedarle muy clara, porque volvió a cerrarla rápidamente y guardó silencio.

Peyton fue hacia Endicott. El sastre le llevó de vuelta al probador.

–No se preocupe, señor Moss. Lo está haciendo muy bien.

Peyton levantó la vista de golpe.

–¿Qué?

–La señorita Brenner –dijo Endicott, hablándole por encima del hombro mientras andaba–. Le gustan los trajes, pero el esmoquin le gusta mucho más.

–¿Cómo lo sabe?

El sastre sonrió sin más.

–No se preocupe. Usted también le gusta.

Peyton abrió la boca, pero no dijo nada, y fue mejor así, porque el señor Endicott siguió adelante y le hizo un gesto para que avanzara.

–Adelante, señor Moss. Tengo que ponerle unos cuantos alfileres en ese pantalón.

Capítulo Cinco

Después de ocuparse del armario y del pelo de Peyton, Ava decidió instruirle un poco en las cosas más sublimes de la vida: el arte, la música, el teatro… Al menos, eso era lo que tenía planeado para esa mañana, pero en cuanto llamó a la puerta de la suite del hotel, descubrió que sus planes no iban a salir como esperaba.

—Lo siento —le dijo él a modo de saludo—. Pero tenemos que cancelar lo de esta mañana. Se supone que hoy voy a ver a la casamentera. Ayer se me olvidó por completo cuando hicimos planes para esta mañana.

Ava se convenció de que el nudo que sentía en el estómago no era más que enfado por esa cancelación repentina de la cita, o más bien del plan. Y estaba molesta porque había tenido que pedirle a Lucy que la sustituyera esa mañana una vez más, lo cual significaba pagarle más horas extra. El enfado, por tanto, no tenía nada que ver con el hecho de que Peyton iba a pasar la mañana con otra mujer.

—Oh, muy bien.

—Lo siento de verdad —él volvió a disculparse—.

Cuando revisé el buzón de voz anoche, había un mensaje de Caroline para recordármelo. Caroline es la celestina. Pero ya era muy tarde para llamarte, y no contestaste al teléfono esta mañana.

Ava pensó que debía de haberla llamado mientras estaba en la ducha.

—Bueno, no querrás perderte tu cita con ella. Seguro que tenéis muchas cosas que preparar antes de que te lances a la caza de doña Perfecta.

—En realidad ya la he visto una vez. Nos vamos a ver hoy porque me ha preparado una lista de posibles candidatas y quiere que mire las fotos y la información sobre ellas antes de presentármelas formalmente. ¿Podríamos quedar esta tarde?

—Claro. No hay problema. Pero… Ya sabes, Peyton. No sé si estás preparado para tener una cita todavía. Aún tenemos mucho trabajo que hacer.

—¿Cuántas cosas más quedan por hacer?

Ava no podía negar que había avanzado mucho en solo cuatro días. Lo vaqueros desgastados y el jersey ancho que llevaba el día anterior habían dado paso a unos vaqueros oscuros de calidad y un jersey más entallado de color espresso. Después de un intenso debate con Peyton, no le había quedado más remedio que reconocer que era marrón, pero en el fondo ella sabía que seguía siendo espresso.

De repente, recordó que él le había hecho una pregunta a la que no había respondido.

—Bueno, esperaba poder dedicar esta semana al arte. Y todavía tenemos que trabajar el tema del código de etiqueta en un restaurante. Y deberíamos... –se detuvo. No tenía por qué hacerle pensar que aún tenían miles de cosas por hacer. Tampoco eran tantas–. No son muchas cosas. No hay mucho más.

Peyton no pareció tomárselo muy bien, no obstante.

–Debería irme –dijo ella–. ¿A qué hora crees que terminarás?

–No lo sé. A lo mejor podría llamarte cuando terminemos, ¿te parece?

Ella asintió y dio media vuelta.

–A menos que...

Ella se volvió hacia él de nuevo.

–¿Qué?

Parecía un poco incómodo.

–A menos que... –se metió las manos en los bolsillos–. A menos que quieras venir conmigo.

La petición era bastante rara. Por una parte, Caroline, la casamentera, podía sentir una gran curiosidad e incluso podía llegar a molestarse al verle aparecer con una mujer. Además, ¿por qué iba a querer que le acompañara en un momento en el que iba a tomar una decisión tan importante?

–Quiero decir que a lo mejor puedes darme algún consejo –añadió él rápidamente, como si le hubiera leído la mente–. Nunca antes he trabajado con una casamentera.

Ava se preguntó en qué momento le habría dado a entender que ella sí lo había hecho. De hecho, era la persona menos indicada para aconsejar en la materia, ya que no había tenido ni una sola cita en más de un año.

–Por favor, Ava –le dijo en un tono de súplica–. Tú sabes qué clase de mujer necesito, una que sea como…

Peyton se detuvo justo a tiempo.

–Jackie Kennedy –dijo después de una pequeña pausa incómoda–. Necesito encontrar a una mujer como Jackie Kennedy.

Ava no daba crédito a lo que estaba oyendo. ¿Cómo se le había ocurrido una idea tan extravagante?

–Muy bien. Iré contigo.

Las oficinas de Attachments, Inc. ya habían sorprendido mucho a Peyton en su primera visita. Pensaba que el espacio de trabajo de una casamentera debía estar lleno de corazones, flores y muebles victorianos de muchos colores, pero se había equivocado del todo. El sitio era muy similar a su propio despacho de San Francisco. Estaba situado en la planta veinte del edificio y ofrecía unas vistas espléndidas del lago Michigan. En la decoración predominaban los tonos tierra y el hilo musical era música jazz.

Caroline también le había sorprendido en su momento. Había dado por sentado que iba a encontrarse con una abuela de pelo blanco, con las gafas colgadas de la punta de la nariz y un vestido a cuadros. Sin embargo, la casamentera no tenía nada que ver con ese estereotipo. Sí tenía el cabello canoso, pero lo llevaba suelto, con un corte de pelo muy moderno, y llevaba las gafas apoyadas sobre la cabeza.

–Señor Moss –Caroline se detuvo ante Peyton y le ofreció una mano–. Me alegro de verle de nuevo –de repente se volvió hacia Ava y la temperatura pareció descender veinte grados–. Bueno, ¿quién es usted?

–Es mi asistente, la señorita Brenner –dijo Peyton, adelantándose.

Caroline miró a Ava de arriba abajo y pareció quedar satisfecha con la respuesta.

Se volvió hacia Peyton de nuevo.

–Bueno. Si quieren entrar en mi despacho... Nos pondremos manos a la obra directamente.

Segura de que los dos irían tras ella, la mujer dio media vuelta y echó a andar. Peyton se volvió hacia Ava. Parecía molesta.

–¿Vienes?

–¿Acaso tengo elección?

–Puedes esperar aquí fuera si quieres.

Durante una fracción de segundo Peyton pensó que iba a tomarle la palabra y un pánico inesperado creció en su interior.

Caroline les llamó de pronto y, aunque la tensión creciera por momentos, Ava se volvió hacia ella y avanzó.

–¿Puedo llamarte Peyton? –le preguntó Caroline con una sonrisa.

—Claro.

Peyton esperó. Pensaba que Caroline iba a hacerle la misma pregunta a Ava, pero la casamentera comenzó a revisar unos papeles hasta encontrar uno en particular.

—He introducido tus datos —le dijo, sin dejar de lado la cálida sonrisa que esbozaba—. Tus gustos personales y lo que buscas. Bueno, he encontrado cuatro mujeres que creo que te van a gustar mucho. Esta en particular... —añadió, abriendo la primera carpeta— es muy buen partido. Familia pudiente de Chicago de toda la vida, nacida y criada aquí. Graduada por el Art Institute, voluntaria en una galería de arte local, comisaria de una pequeña galería en State Street, columnista para *Tribune*, miembro de Hijas de la Revolución Americana... Oh, la lista es interminable. Tiene todas las cualidades que buscas.

Caroline le entregó la carpeta a Peyton. Dentro había unas cuantas hojas con texto acompañado de una fotografía. La mujer era muy hermosa, pelirroja...

—Vaya.

—Mmm —dijo Caroline con una sonrisa de satisfacción—. Se llama...

—Vicki —dijo Ava, al mismo tiempo que Caroline decía «Victoria».

Las dos mujeres intercambiaron miradas de sorpresa y entonces volvieron a hablar al mismo tiempo.

—Victoria Haverty.

–Vicki Nielsson –dijo Ava.

Las dos continuaron mirándose, pero fue Caroline quien habló en esa ocasión.

–¿Conoce a la señorita Haverty?

Ava asintió.

–Oh, sí. Debutamos juntas. Pero Haverty es su nombre de soltera. Ahora se llama Vicki Nielsson.

Durante una fracción de segundo pareció que los ojos de Caroline se le iban a salir de las cuencas.

–¿Está casada?

–Eso me temo. Y vive en Reykjavik con su marido, Dagbjart–. Eso es lo último que supe de ella, hace un par de semanas.

–Pero me dio una dirección aquí en Chicago.

–¿En Astor Street?

Caroline tecleó algo en el ordenador. Y fue entonces cuando Peyton se dio cuenta de que toda la información incluida en la ficha personal de la joven se componía de datos estadísticos tales como la edad, la educación, la profesión y los intereses personales.

–Sí –dijo la casamentera, sin levantar la vista.

–Es la casa de sus padres. Suele ir a visitarles con mucha frecuencia.

La casamentera miró a Ava con incredulidad.

–¿Pero por qué iba a querer contactar con una casamentera en Chicago si está felizmente casada y vive en… ¿Dónde está Reykjavik?

–Islandia –dijo Peyton.

Caroline pareció aún más confundida.

–¿Por qué iba a ponerse en contacto con Attachments Inc. si está casada y vive en Islandia?

Cuando Peyton miró a Ava, esta se esforzó por ocultar la sonrisa.

–Bueno, a lo mejor es que no está tan felizmente casada como piensa el viejo Dagbjart. Y el viejo Dagbjart es… bueno… es viejo. Debe de estar cerca de los noventa. Tenía setenta y seis cuando Vicki se casó con él. Ahora ya debe de andar cerca de los noventa. Los Haverty tienen fama de casarse con miembros de familias más ricas que la suya, pero está claro que Vicki no calculó bien la esperanza de vida escandinava. ¿Sabía que los islandeses son los que tienen la mayor esperanza de vida en todo el mundo?

La casamentera no dijo nada. Peyton tampoco.

Tras unos segundos de incómodo silencio, Caroline pareció recordar que estaba con un cliente que le estaba pagando muchísimo dinero para que le buscara pareja.

–Un error absoluto. Seguro que esta te gustará mucho más.

Peyton abrió otra carpeta y se encontró con el mismo tipo de información. La chica no era tan guapa, pero parecía ser muy interesante y también tenía el cabello pelirrojo, su color favorito.

–Esta joven… –dijo Caroline– es de lo mejor de la sociedad de Chicago. Uno de sus antepasados fue fundador del Chicago Mercantile Exchange y su padre está en la Cámara de Comercio de Chicago. La familia de su madre son los Lauderdale, dueños de la cadena de grandes almacenes Lauderdale, entre otras cosas. Ella tiene dos carreras universitarias, una en Ciencias Empresariales y otra en Diseño. Se llama…

La casamentera vaciló y miró a Ava.

Ava miró a Peyton antes de hablar.

–Roxy Mittendorf. Roxanne –añadió al ver la cara de Caroline–. Cuando éramos niñas la llamábamos Roxy.

Esa vez fue Ava quien vaciló. No sabía si dar más información.

–Por lo menos hasta ese viaje que hizo durante las vacaciones cuando estaba en la universidad, cuando regresó a casa con gonorrea. La gente empezó a llamarla muchas cosas entonces. Yo no. Por supuesto… Pero tampoco creo que sea muy buena opción, ¿no?

Intercambió miradas con Peyton y con Caroline, pero ninguno de los dos dijo nada.

–Bueno, yo ni siquiera me enteré de lo de la gonorrea hasta después de la graduación.

Peyton cerró la carpeta y se la devolvió a Caroline sin decir ni una palabra. La casamentera sacó otra carpeta y se la dio. Cuando Peyton la abrió se encontró con otra belleza pelirroja de ojos tan claros y azules que parecían de otro mundo.

Cuando volvió a mirar a Caroline, le pareció que le leía el pensamiento.

–Bueno, me dijiste que las preferías pelirrojas. Y también que te gustaban los ojos verdes, pero, excepto la primera, todas las otras candidatas tenían ojos azules. Sin embargo, tampoco son tan distintos, ¿no?

Por alguna razón tanto Peyton como Caroline miraron a Ava.

Ava, con su cabello pelirrojo oscuro y sus ojos verdes...

—¿Qué? —preguntó ella con inocencia.

—Nada —dijo Peyton, aliviado al ver que no había conectado las ideas.

¿Realmente había reflejado en el formulario que tenía una preferencia por las pelirrojas? No era capaz de recordarlo. Además, aquel día iba en el jet, de camino a Chicago y estaba rodeado de trabajo que quería terminar antes de llegar.

Se concentró en la información de la tercera candidata. Antes de que Caroline tuviera oportunidad de decir nada, levantó la foto para enseñársela a Ava.

—¿La conoces?

La expresión de Ava era casi de culpabilidad.

—En realidad, sí. Pero tú también la conoces. Fue a Emerson con nosotros. Estaba en mi curso.

Peyton volvió a mirar la foto. La mujer no le resultaba familiar, lo cual era extraño, porque se hubiera acordado de una chica tan guapa.

—¿Estás segura? Yo no la recuerdo en absoluto.

—Bueno, pues deberías. Jugasteis juntos al hockey durante tres años.

Él sacudió la cabeza.

—Eso no es posible. No había ninguna chica en el equipo de hockey de Emerson.

–No. No había ninguna.

De repente Peyton se dio cuenta de todo. La realidad le golpeó como un bloque de granito. Volvió a mirar la foto.

–Oh, Dios mío. ¿Es Nick Boorman?

–Nicolette. Ahora se hace llamar Nicolette.

Peyton cerró la carpeta y se la devolvió a Caroline. No es que tenga nada de malo, pero sería un tanto…

–Extraño –susurró Ava para ayudarle.

–Sí.

Caroline tomó la carpeta y la colocó debajo de las de las otras candidatas rechazadas.

–¿Pero quién es usted?

Ava se encogió.

–Solo soy la asistente personal del señor Moss.

Caroline no parecía muy convencida. Levantó la última de las carpetas con una expresión casi desafiante. Esa vez no le habló a Peyton, sino a Ava.

–Esta candidata solo lleva cuatro años viviendo en Chicago. Es de Miami. ¿Tiene familia o amigos en Miami? ¿Alguna conexión con esa ciudad?

–No. No los tengo.

Caroline abrió la carpeta y le mostró la foto antes de dejar que Peyton la viera.

–¿Conoce a esta chica?

Ava sacudió la cabeza.

–No he tenido el placer de conocerla. Todavía –añadió.

–Bien –dijo Caroline. Se volvió hacia Peyton y le permitió ver la información de la carpeta–. Es

Francesca Stratton. Empezó como programadora, pero ahora dirige su propia empresa. Su padre es un neurocirujano de Coral Gables, y su madre es juez en el estado de Florida. Y es una pariente lejana del rey Juan Carlos de España.

Caroline miró a Ava. Era como si la estuviera retando a objetar algo. Sin embargo, Ava se limitó a sonreír.

—Peyton, creo que podría ser perfecta para ti.

Peyton se esforzó por no pensar en las otras tres candidatas. También le habían parecido perfectas a Caroline. Tomó la carpeta y miró el resto de los datos. Resultaba interesante que hubiera montado su propia empresa, al igual que él, y sus conocimientos de programación podían venirle muy bien para su propio negocio. Le gustaba hacer vida al aire libre, era una amante de la equitación, prefería el rock and roll a cualquier otro tipo de música… No había ni una sola cosa en su ficha que le hiciera discrepar con Caroline. En efecto, parecía ser perfecta. Sin embargo, no sentía emoción alguna ante la idea de conocerla.

Ava estaba leyendo la información de la carpeta desde su asiento. Se la entregó sin más.

—¿Qué te parece?

—Toca el piano, es miembro de una organización no gubernamental para promover el desarrollo de las mujeres. Todo es perfecto —dijo, sin mucho entusiasmo.

—Bueno, en la escala de Jackie Kennedy, ¿qué puntuación le darías?

Ava cerró la carpeta y se la devolvió a la casamentera.

–Bueno, si Jackie Kennedy fuera una mujer joven hoy en día, creo que sería como Francesca Stratton.

–Entonces… ¿tal vez un ocho?

–Diez –le dijo ella, sin efusividad.

Eso era exactamente lo que Peyton quería oír. Sin embargo, en ese momento se sentía casi decepcionado.

–Parece que tenemos a la ganadora –dijo, volviéndose hacia Caroline–. ¿Cuándo puedo conocerla?

La casamentera pareció experimentar un gran alivio.

–Déjame contactar con Francesca para ver qué le viene bien. Después me pongo en contacto contigo de nuevo. ¿Qué tardes te vienen mejor?

–Cualqui… –empezó a decir Peyton, pero entonces oyó que Ava se aclaraba la garganta.

La miró. Ella movía la cabeza de un lado a otro.

–¿Qué?

–Dijiste que no creías estar preparado todavía para conocer a alguna de las candidatas –le recordó.

–No. Fuiste tú quien dijo eso.

–Y tú estuviste de acuerdo conmigo. Todavía tenemos que repasar unas cuantas lecciones.

Él no dijo nada. Era cierto que había estado de acuerdo con ella. Además, tampoco le importaba tener que posponer un poco la entrevista, aunque estuviera deseando marcharse de Chicago y regresar a San Francisco.

–¿Cuánto tiempo crees que hará falta para completar el proceso? –le preguntó a Caroline. Por alguna extraña razón esperaba que le dijera que serían muchas semanas.

–Una semana, tal vez.

–Entonces a lo mejor todo estaría arreglado para el fin de semana siguiente a este, ¿no?

Durante un momento pareció que Caroline iba a decir que serían semanas y más semanas, pero no fue así.

–Eh, no estoy segura. Si trabajamos bien, y si tú sigues las reglas, a lo mejor podemos hacerte llegar a ese punto para entonces.

Seguir las reglas… Ese no era uno de sus puntos fuertes precisamente. No obstante, si así conseguía una cita con la Jackie Kennedy, entonces valía la pena el esfuerzo.

Se volvió hacia Caroline una vez más.

–¿Qué tal el próximo sábado, o el viernes, si ella puede?

Caroline anotó las fechas.

–Estoy casi segura de que sería posible concertar la cita para uno de esos días. Te haré saber qué día será cuando haya hablado con Francesca.

–¡Estupendo!

Peyton se puso en pie y le dio las gracias a Caroline por todo su trabajo. Ava hizo lo mismo y los dos se dieron media vuelta.

–Señorita Brenner –dijo Caroline de repente

en un tono tentativo–. Usted, eh… No estará buscando trabajo, ¿no? Podría ser algo a tiempo parcial, que no interfiriera con su trabajo como asistente. Nos sería de gran ayuda aquí.

–No –dijo Ava, sorprendida–. Pero muchas gracias.

–La razón por la que Ava conoce a todas esas mujeres es porque se mueve en los mismos círculos sociales que ellas –dijo Peyton–. Su familia es de dinero, así que no tiene que trabajar, aunque ahora mismo me está cobrando un dineral por ser mi asistente –añadió, sin poder resistirse.

Caroline parecía cada vez más interesada en Ava, pero esta comenzó a inquietarse.

–Entiendo –dijo la casamentera–. Bueno, entonces a lo mejor puedo ayudarla también. Podría presentarle a un hombre agradable que encaje con usted.

Peyton también comenzó a impacientarse.

–¿Qué me dices, Ava? –la casamentera insistía, sonriente.

El hecho de que acabara de llamarla por su nombre de pila no le pasó inadvertido a Peyton.

–¿Te gustaría rellenar un formulario?

Ava le devolvió la sonrisa a Caroline.

–Muchas gracias, Caroline, pero ahora mismo no estoy en el mercado.

Peyton se preguntó una vez más si estaba comprometida en serio con alguien y si ese era el motivo por el que no estaba en el mercado.

–Bueno, si cambias de opinión…

—Serás la primera persona a la que llame —le prometió Ava.

—¿Hemos terminado? —preguntó Peyton, cada vez más irritado, aunque no supiera muy bien por qué.

Tanto Caroline como Ava se dieron cuenta de su creciente impaciencia.

—Cuando quieras nos vamos —dijo Ava.

—Muy bien —le dijo él en un tono seco.

Sin esperar respuesta alguna, se dirigió hacia la puerta.

Capítulo Seis

Ava y Peyton estaban sentados en un banco en el Chicago Institute of Art, contemplando la obra *Nighthawks*, de Edward Hopper. Ninguno de los decía ni una palabra. Ella le había dicho que pasara cinco minutos en silencio, asimilando los detalles delante de cada cuadro que vieran esa mañana. Pero ninguna de las obras que había visto hasta ese momento le había llamado tanto la atención como esa. Se sentía como si pudiera entrar en la pintura y unirse a la gente que estaba sentada en el bar, tomando una taza de café a última hora de la noche.

Mientras observaba el cuadro, Ava le observaba a él. Ese día se había puesto otros vaqueros oscuros y otro suéter ceñido, pero ese en particular resaltaba el color ámbar de sus ojos.

El día anterior apenas habían hablado después de salir del despacho de la casamentera, y gracias a eso se había evitado una incómoda discusión que había sorprendido mucho a Ava. Peyton se había ofrecido a llevarla a casa de camino al hotel, pero ella no había querido decirle la dirección y él había estallado como una bomba.

–Sigo sin ser apto para entrar en el recinto de tu casa, ¿no? –le había dicho en un tono corrosivo–. Tendría que volver a salir por la ventana en vez de usar la puerta principal, como una persona normal.

Ava se había quedado sin palabras. Hasta ese momento habían mantenido una especie de pacto de silencio por el que lo ocurrido aquella noche no iba a ser mencionado, pero todo parecía haberse roto de repente. Finalmente, no había sido capaz de contener la rabia y le había dicho que podría haber usado la puerta de entrada si hubiera querido, pero que no lo había hecho porque le daba vergüenza ser visto con ella, la chica de dinero de toda la vida.

Por suerte, no obstante, la batalla había cesado en ese momento. Podrían haberse enzarzado en una discusión dañina, llena de resentimiento, pero ambos se habían arrepentido inmediatamente de todo lo dicho. Tampoco se habían disculpado, sin embargo. Simplemente se habían limitado a mirar por la ventanilla hasta llegar a la boutique. Ava se había bajado del coche a toda prisa y le había dicho que se encontrara con ella a la mañana siguiente en el Chicago Institute of Art. La portezuela del coche se había cerrado bruscamente.

Esa mañana ninguno de los dos había hecho alusión al intercambio hostil que había tenido lugar el día anterior. La conversación se había centrado en los cuadros y todo había vuelto a la normalidad más cordial. Sin embargo, había una sensación de incomodidad que no pasaba inadvertida para ninguno de los dos.

Ava miró el reloj y vio que los cinco minutos se habían convertido en ocho. En vez de decirle que se le había acabado el tiempo, se volvió hacia la pintura también. Era una de sus favoritas, y había captado su atención de inmediato cuando la vio por primera vez, durante una visita al museo con el colegio. Los personajes que aparecían en la obra siempre le habían parecido desorientados, perdidos, como si estuvieran esperando en ese restaurante a que se produjera un cambio.

El cuadro continuaba diciéndole las mismas cosas, pero con el tiempo los personajes también habían empezado a parecerle solitarios.

—Me gusta cómo llama la atención sobre el tipo que está detrás de la barra —dijo Peyton de repente—. Parece una especie de figura espiritual o algo así. Él es quien lo mantiene todo, quien está al frente de todo, y a lo mejor eso significa darles algo más que un café y un trozo de tarta.

Ava se volvió hacia él, sorprendida ante la clarividencia del comentario.

Antes de que pudiera decir nada, él siguió adelante, sin dejar de mirar el cuadro.

—Y también es muy interesante que el único color real en los personajes aparece en la mujer, y las dos veces se trata de colores cálidos: el rojo del vestido y el naranja del pelo. Pero a lo mejor solo me fijo en eso porque siempre he sentido debilidad por las pelirrojas.

Había dicho algo parecido en el despacho de la casamentera, o por lo menos eso era lo que había puesto en el formulario, según Caroline.

De pronto, se volvió hacia Ava y le miró el cabello. La expresión de su rostro era la misma de aquella noche. Estaban sentados en el suelo de su dormitorio, cansados tras una larga noche de estudio. Ella se había frotado el cuello y le había dicho que le dolía mucho. Peyton había sentido pena por ella y la había hecho quitar la mano para poner la suya propia. En cuestión de unos segundos, todo había cambiado.

–Quiero decir que… –Peyton tartamudeó–. Que es… es que…

–Eso es muy interesante. Lo que dijiste sobre la luz y el personaje que está detrás de la barra –le dijo ella, fingiendo no entender por qué se había puesto tan nervioso de repente–. Nunca se me había ocurrido.

En vez de volverse había el cuadro, Peyton siguió mirándola.

–De hecho –Ava se apresuró a decir, volviendo la mirada hacia el cuadro–, es una interpretación que podría llevarnos a una larga discusión de horas.

El corazón se le había acelerado y un calor inesperado le invadía el pecho y las mejillas. Su cuerpo empezaba a reaccionar de forma peligrosa, así que recurrió a su mejor estrategia para protegerse de Peyton: se puso el disfraz de princesa de hielo de la costa dorada.

–Y es por eso que no quiero que digas cosas así.

Nada más decirlo notó que Peyton se molestaba, así que siguió adelante.

–Lo que realmente quiero que saques de este ejercicio –le dijo con frialdad– es algo menos profundo. Eso no debería ser tan difícil, ¿no?

–¿Menos profundo? Yo pensaba que lo de venir a un museo era para enseñarme a no decir cosas sobre el arte que me hagan quedar como un completo idiota.

Ella asintió.

–Es por eso que hoy me he centrado en estas obras. Son artistas y cuadros que todo el mundo conoce. En tu caso, no necesitas más que ser capaz de hacer algún comentario pasable sobre arte. No tienes que mostrar ningún tipo de profundidad o clarividencia.

–Entonces dime, gran gurú del arte –le dijo él, con sarcasmo–. ¿Qué tengo que saber sobre este?

Ava volvió a mirar el cuadro para no tener que ver la cara de enfado de Peyton.

–Deberías decir que resulta interesante que los temas que aparecen en *Nighthawks* son similares a los de *Sunlight in a Cafeteria*, pero que la perspectiva de tiempo ha sido invertida.

–Pero no he visto el otro cuadro, por no mencionar que no sé de qué demonios… Eh, de qué estás hablando.

–La gente con la que tendrás que hablar tampoco lo habrá visto –le aseguró ella–. Y no tienes por qué entenderlo. En cuanto des a entender de alguna manera que sabes más que tu interlocutor sobre arte, cambiarán de tema —Ava esbozó su sonrisa más fría—. Creo que ya te has formado lo suficiente sobre arte americano. Mañana nos tocan los impresionistas. Y después, si tenemos tiempo, nos ocuparemos de los maestros holandeses.

Peyton se quejó.

—Oh, vamos, Ava. ¿Cuántas veces puede salir este tema en la conversación?

—Con más frecuencia de la que te imaginas. Y todavía tenemos que ver libros y música.

Él la miró fijamente.

—No tengo por qué saber todas estas cosas antes de mi cita con Francesca. Y tampoco necesito saberlo para moverme en círculos de negocios. Creo que solo me estás haciendo retrasarme.

Ava le miró, boquiabierta.

—Eso es absurdo. ¿Por qué iba a querer pasar contigo más tiempo del necesario?

—Ahí me has pillado. No es que necesites el dinero que seguro me vas a cobrar por las horas extra. Creo que ya tengo todo esto más que cubierto. Sigamos adelante.

Ava decidió no hacer ningún comentario.

—Música. Libros —repitió.

Peyton soltó el aliento, exasperado.

—Muy bien. He sido un gran fan de Charles Dickens desde que estaba en el instituto. ¿Qué te parece?

Ava no fue capaz de ocultar la sorpresa.

—¿Lees a Dickens en tu tiempo de ocio?

Peyton apretó la mandíbula.

–Sí. Y a Camus y a Hemingway también. Supongo que es toda una sorpresa para ti, ¿no? La escoria obrera como yo no es capaz de entender nada que no sean resultados de fútbol en *Sun-Times*.

–Peyton, no era eso lo que estaba pensando…

–No me digas.

–Muy bien. A lo mejor de alguna manera sí estaba pensando en ello, pero cuando estábamos en el colegio, no te caracterizabas por mostrar tu lado más erudito precisamente. De todos modos, lo siento. No debería haber dado nada por sentado, sobre todo teniendo en cuenta todo lo que has conseguido desde entonces.

Él pareció sorprenderse y mostró algo de confusión al ver que se estaba disculpando, pero tampoco dejó que se librara tan fácilmente.

–Y también teniendo en cuenta lo que conseguí entonces, algo que nunca te molestaste en descubrir.

Esa vez fue Ava quien se sorprendió. Parecía que todavía le guardaba rencor por algo que había ocurrido, o más bien por algo que no había ocurrido, dieciséis años antes.

–Yo no era la única que no se molestaba en conocer a los compañeros de clase. Yo también era algo más que lo que parecía ser en el instituto, Peyton, ¿pero tú te diste cuenta alguna vez, o te importó de alguna manera?

Peyton emitió un sonido que demostraba incredulidad.

–Claro. ¿Algo más que una muñeca preciosa y frívola llena de egoísmo? No lo creo.

–¿No lo crees? ¿Todavía sigues pensando que solo soy…? –Ava se detuvo. Era mejor no repetir la palabra «preciosa»–. ¿Una muñeca frívola llena de egoísmo?

Él no dijo nada. Se limitó a seguir mirándola como la miraba aquel Peyton adolescente.

–¿Crees que la razón por la que te estoy ayudando de esta manera es puramente egoísta? ¿No crees que a lo mejor lo hago porque está bien poder hacer algo por un viejo… por un antiguo compañero de colegio?

–Lo haces porque te pago mucho dinero. Si eso no es egoísmo, entonces no sé lo que es.

No había forma de ponerle en su lugar sin revelarle su propia situación.

«Hazlo. Sé sincera con él. A lo mejor así consigues esa redención que buscas», le dijo una voz desde un rincón de su mente.

Pero un pensamiento más destructivo la hizo decantarse por otra cosa.

«O a lo mejor Peyton se ríe y te dice que vives en una caja de cartón bajo un puente y que robas fruta en el comedor, como te decían en Prewitt».

Ava abrió la boca para decir algo, sin saber muy bien qué iba a ser.

–Muy bien. Se me había olvidado. El dinero y el estatus social son lo más importante para mí –Ava se puso su traje de reina del instituto una vez más y ladeó la cabeza, sonriendo con frialdad–. Pero son lo más importante para mí porque en realidad no hay nada más importante, ¿verdad, Peyton? Tú también has aprendido esa lección, ¿no? Eso es lo que más deseas ahora mismo, y me parece que nos convierte en iguales.

Peyton se quedó boquiabierto, como si nunca se le hubiera ocurrido pensar lo mucho que se parecía a la gente a la que tanto había despreciado.

—Creo que ya hemos tenido bastante por hoy —dijo Ava con decisión.

—¿Nos vamos del museo por fin? —le preguntó él, fingiendo alegrarse.

—Sí. Ya hemos visto bastante por hoy. Como parece que tienes el aspecto literario resuelto, mañana vamos a trabajar lo de la música.

—Muy bien. De acuerdo. Lo que quieras. ¿A qué hora te recojo?

Ella sacudió la cabeza, tal y como hacía cada vez que él le hacía esa pregunta. Y se la había hecho todos los días.

—Mejor quedamos.

Sin darle tiempo a reaccionar, Ava le dio la dirección de una tienda de discos de jazz situada al este de Illinois y le dijo que estuviera allí cuando abrieran la tienda.

—Y supongo que después comeremos en otro de esos restaurantes para finolis. Me voy a poner uno de mis trajes nuevos para la ocasión.

—Muy bien. De acuerdo. Lo que quieras —le dijo Ava, ignorando el sarcasmo.

Capítulo Siete

Peyton miró a Ava desde el otro lado de la mesa más pequeña frente a la que se había sentado jamás e hizo todo lo posible por ignorar el mantel color lavanda y la vajilla de porcelana. Las cortinas de encaje a su derecha y el ornamentado tarro de té, no obstante, eran algo más difíciles de ignorar, y los diminutos sándwiches sin corteza y las llamativas pastas que tenía delante no hacían sino reforzar su incredulidad.

Té. Le había obligado a tomar el té con ella, en una tetería, llena de mujeres que llevaban sombreros y guantes. Incluso ella se los había puesto también. Los guantes le llegaban más allá del codo y tenían decenas de botones, al igual que el vestido blanco que se había puesto.

No iba vestida así cuando habían entrado en la tienda de discos esa mañana, así que Peyton jamás hubiera podido imaginarse lo que la tarde le deparaba. Ava había sacado los guantes del bolso de camino a la tetería, sin decirle adónde se dirigían exactamente. Solo le había dicho que iban a tomar un aperitivo de tarde.

–Bueno –le dijo ella en un tono de voz tan estirado como el atuendo que llevaba–. Tomar el té. Sin duda va a ser el mayor desafío para ti. Mucha gente piensa que el arte de tomar el té se ha ido perdiendo con el tiempo –le dijo. Su incomodidad y enfado no pasaban desapercibidos para ella–. Pero en realidad es todo lo contrario. El hábito de tomarlo no hace más que crecer. De ahí que tengas que familiarizarte con ello.

–Ava, creo que puedo asegurarte con contundencia que, por mucho que escale en la pirámide social, jamás se me ocurrirá pedirle a nadie que tome el té conmigo.

Ella sonrió con indulgencia.

–Apuesto a que las hermanas Montgomery estarían encantadas de conocer a un hombre que las invitara a tomar el té. Y estoy segura de que a ninguno de tus contrincantes se les ha ocurrido hacerlo.

Peyton no podía negar que tenía razón. Soltó el aliento con brusquedad.

–Muy bien. Pero no esperes que me ponga guantes blancos.

–Supongo que podemos hacer esa pequeña concesión. Bueno, tal y como escribió Henry James en *Retrato de una dama*, hay en la vida muy pocas horas que resulten tan agradables como aquella que dedicamos a tomar el té de la tarde. Y yo no podría estar más de acuerdo.

Peyton se esforzó por demostrarle su absoluta indiferencia por todo aquello.

–Sí, bueno, el viejo Henry nunca pasó una tarde compartiendo una caja de Anchor Steam con sus amigos mientras los Blackhawks machacaban a los Canucks.

Ava sonrió vagamente.

—No me cabe duda —dijo, y a continuación comenzó a explicarle el origen del ritual del té vespertino, que abarcaba tres siglos de historia.

Después se adentró en el tema del código de etiqueta de la ceremonia del té y posteriormente le hizo fijarse en la carta de tés. Le explicó la diferencia entre los distintos tipos de té y también los tipos de dulces con los que se solía acompañar la bebida.

Para cuando terminó, el estómago de Peyton rugía con tanta fuerza que los pastelitos con forma de flores ya empezaban a parecerle de lo más apetecibles.

Desafortunadamente, cuando estiró el brazo para tomar uno, Ava le dio un manotazo como si fuera un niño.

—No toques —le dijo—. Pide que te los den.

—Pero si están ahí mismo.

—Están más cerca de mí.

—Oh, claro. Están un centímetro más cerca de ti.

—De todos modos, quienquiera que esté más cerca debería pasárselo a la persona que esté más lejos.

Peyton se irguió un poco y sacó ese estilo victoriano que ni siquiera sabía que tenía.

—Señorita Brenner, ¿sería tan amable de acercarme los aperitivos?

Ella le miró suspicaz. Claramente dudaba de su sinceridad.

—¿Puedo sugerirle los sándwiches de pepino, o prefiere los pasteles de cangrejo? —le preguntó, sosteniéndole la mirada.

—Sí.

—¿Cuáles prefiere?

—Los sándwiches de pepino, por favor.

Antes de tomar el plato, Ava comenzó a desabrocharse los guantes. Era evidente que tomar el té con los guantes puestos no estaba incluido en el código de buenas formas.

Una eternidad después, cuando terminó de quitarse los mitones, le pasó el plato con los sándwiches, para lo cual solamente tuvo que moverlo unos pocos centímetros. Entonces sirvió dos tazas de té y le echó tres terrones de azúcar a la suya. Peyton observó la taza durante unos segundos y entonces se la llevó a la boca. Al oírla aclararse la garganta con discreción, Peyton levantó la vista. Ella ladeó la cabeza e hizo un gesto para señalar la taza que sostenía entre las manos. Peyton había tomado la taza de la mesa como si fuera un vaso, en vez de agarrarla por el asa. Tenía miedo de que se le rompiera si la agarraba por ahí. Después de unos cuantos segundos de malabarismo, logró asirla por el asa, a duras penas. Ava le miró y asintió con la cabeza.

Peyton se preguntó si habría sido criada de esa manera, si había crecido así. ¿Su madre la habría sometido al mismo ritual de aprendizaje? ¿La habría hecho memorizar todas esas cosas? Una vez más volvió a sentir esa distancia que los separaba. Sus vidas no podrían haber sido más distintas... ¿Pero por qué le dolía tanto darse cuenta de ello?

Estaba a punto de beber un sorbo de té cuando la respuesta le golpeó. Aquello que le había hecho tener éxito, lo que le había hecho escapar de aquel barrio ruinoso y abrirse camino hasta llegar a una de las mejores universidades, lo que le había impedido rendirse en los peores momentos, lo que le había hecho llegar a tener el mundo de los negocios en la palma de la mano y le había llevado a amasar dinero, y más dinero, lo que le había empujado a hacer todas esas cosas había sido... Ella. Ava Brenner.

Siempre había sido ella. Había hecho todas esas cosas y se había esforzado tanto para llegar a ser merecedor de ella algún día, para que ella le viera con buenos ojos, para que quizás pudieran llegar a...

Era una locura.

Peyton bajó la taza de golpe. Parte de la bebida se le derramó en la mano, pero apenas sintió la quemadura. Miró a Ava, pero ella seguía examinando los pasteles, tratando de decidir cuál quería.

–¿Ocurre algo? –le preguntó de repente, mirándole confusa.

–No –se apresuró a contestar él–. Solo estoy tratando de decidir qué quiero.

Era cierto, pero aquello que quería no estaba en el plato de sándwiches.

–Los *petit fours* están deliciosos aquí… aunque imagino que prefieres algo más contundente.

Peyton guardó silencio.

–¿Te apetece un sándwich de huevo al curry? No son lo típico.

Eso era justo lo que quería, algo que no podía conseguir fácilmente. Y ese era el problema.

–O a lo mejor prefieres algo más dulce. Puedes probar uno de los pastelitos de jengibre.

–Ah… –comenzó a decir Peyton–. Sí. Dame uno de esos sándwiches de huevo al curry. Parece que están absolutamente… –la palabra se le escapó de los labios– de rechupete.

Peyton sintió que su masculinidad se le escurría entre las manos. Jamás había usado una palabra como «rechupete» en toda su vida. La transformación estaba surtiendo efecto.

Tenía que salir de allí. Cuanto antes.

–Mira, Ava, ¿te importaría que abreviáramos el ritual del té? Acabo de recordar que tengo una llamada importante que atender dentro de… –miró el reloj y fingió sorprenderse al ver la hora–. Vaya. Media hora. De verdad que tengo que volver al hotel.

Ava pareció haberse llevado una auténtica decepción.

–Pero el té…

–¿No nos lo pueden poner para llevar?

A juzgar por su expresión, parecía que le había preguntado si podía subirse a la mesa y hacer un *striptease*.

–No –dijo ella, entre dientes–. Uno no pide que le pongan el té para llevar, y menos en un sitio como este.

–Bueno, pues no entiendo por qué no.

Miró a su alrededor y localizó a un camarero. Le hizo señas.

–¡Oiga! *¡Garson!* –gritó, pronunciando mal y a propósito la palabra francesa que significaba «camarero»–. ¿Podría ponernos el té para llevar?

Todas las miradas se volvieron hacia ellos.

Peyton se atrevió a mirar a Ava. Había apoyado los codos en la mesa y había bajado la cabeza.

–Oye, Ava. Quita los codos de la mesa. No es de muy buena educación. Todo el mundo nos mira. Vaya. Ya veo que no se te puede sacar de casa –volvió a mirar al camarero. El hombre no se había movido del sitio–. ¿Pero qué pasa? ¿Es que no hablo inglés? –gritó. De repente le parecía que había adoptado un acento del Bronx–. Sí, usted, el del traje de pingüino. ¿Nos puede poner el té para llevar? –señaló el tarro de té y los platos que estaban sobre la mesa–. Con estos precios, no quiero tener que tirarlo todo. Ya me entiende, ¿no?

–Peyton, ¿qué estás haciendo? –le preguntó Ava, todavía escondida detrás de sus manos–. ¿Quieres que nos echen?

–¡Garson! –volvió a gritar–. Oye, no tenemos todo el día.

Ava gruñó y murmuró para sí. Ya nunca más podría tomar el té en ese restaurante.

–El servicio en este sitio es un asco, Ava. La próxima vez deberíamos ir a Five Guys. Por lo menos te dan tu comida en una bolsa. Me parece que este tipo no nos va a traer una bolsa.

Peyton pensó que ya había dicho suficiente para ganarse un buen rapapolvo, pero ella simplemente dejó caer las manos sin decir ni una palabra. Parecía muy cansada.

Se puso en pie, agarró el bolso y los guantes, dio media vuelta y se alejó con la elegancia de una princesa.

Peyton no daba crédito. ¿No iba a decirle nada? ¿No iba a insultarle y a decirle que era un grosero? Se levantó rápidamente y echó a andar tras ella. Poco antes de alcanzar la puerta se dio cuenta de que no había pagado, así que regresó un instante para dejar unos cuantos billetes sobre la mesa.

Salió a la calle a toda prisa, pero se encontró con un río de personas que salía del trabajo un viernes por la tarde cualquiera. Miró a la izquierda y después a la derecha, pero no sabía qué rumbo habría tomado ella. De repente recordó cómo iba vestida y empezó a buscar un vestido blanco en medio de la multitud vestida de tonos oscuros y formales. De pronto la vio, en medio de un paso de cebra, al final de la manzana. Se estaba abotonando esos guantes blancos, como si fuera la reina Isabel a punto de dirigirse a la guardia real.

Echó a correr tras ella, pero cuando llegó a la esquina, ella ya estaba al otro lado y la luz del semáforo estaba a punto de cambiar. Peyton no se detuvo, no obstante. Echó a correr una vez más, parando el tráfico. Decenas de cláxones sonaron casi al unísono.

Cada vez que pensaba que la había alcanzado, alguien o algo se interponía en su camino, y por cada paso que daba, ella parecía dar dos. Una ola de pánico le invadió de repente, pero entonces ella dobló una esquina y tomó una calle secundaria que estaba menos congestionada. Aun así, no obstante, Peyton tuvo que apurar el paso para alcanzarla.

Por fin, llegó a estar lo bastante cerca como para agarrarla del brazo y hacerla darse la vuelta. Ella se resistió y se zafó con brusquedad.

–Ava, lo siento –le dijo sin aliento–. Pero… para. Para un momento, por favor.

Durante unos segundos permanecieron allí de pie, mirándose a los ojos.

–Déjame en paz.

–No.

–Déjame en paz, Peyton. Me voy a casa.

–No.

–Tú y yo todavía tenemos mucho trabajo que hacer antes de mi cita con Francesca. Solo falta una semana.

Ella relajó un poco la postura y bajó el bolso.

Una vez más Peyton reparó en el cansancio que reflejaba su rostro. Jamás la había visto así, ni en el pasado, ni tampoco desde su reencuentro en Chicago.

–Deberías haber pensado en tu cita antes de humillarme en ese restaurante.

—Sí. Respecto a eso…

—Peyton, podríamos trabajar durante un año, pero no sacaríamos nada. Tú vas a seguir saboteando todo lo que hagamos.

—Solo lo he saboteado hoy. Y solo lo he hecho porque tú estás llevando las cosas al extremo, poniéndomelo demasiado difícil.

Aunque fuera cierto, no era ese el motivo por el que se había comportado así en el restaurante. Lo había hecho porque necesitaba salir de allí lo antes posible, pero tenía que convencerla de que quería seguir adelante.

Sin embargo, algo había cambiado. De repente, las hermanas Montgomery parecían haber dejado de ser el objetivo final de la instrucción que estaba recibiendo.

Capítulo Ocho

Ava subió las escaleras que llevaban a su apartamento. Peyton iba dos pasos por detrás.

A pesar de todas las veces que le había dicho que la dejara en paz, él se había empeñado en seguirla sin decir ni una palabra. Ella pensaba que iba a rendirse cuando llegaran a la puerta trasera de la tienda que daba a las escaleras del apartamento, pero él se había colado en el rellano sin darle tiempo a cerrarle la puerta en la cara.

Llegado ese momento, estaba demasiado cansada como para seguir discutiendo con él. Si quería seguirla hasta la misma puerta de su casa para que pudiera darle con ella en las narices, no iba a impedírselo.

Sin embargo, una vez llegaron a la puerta principal, él volvió a ser demasiado rápido y metió la punta del pie entre la puerta y el marco antes de que pudiera cerrársela en la cara.

Ava se inclinó contra la puerta e hizo fuerza, pero él se mantuvo firme. No había forma de que sacara el pie.

—Ava, déjame entrar —le dijo él, sujetando la puerta con la mano y empujando hacia ella.

–Vete de aquí –le dijo ella por enésima vez.

–Habla conmigo unos minutos solamente, por favor.

Ella suspiró, agotada, y soltó la puerta. Peyton empujó un poco más, ganando algo de terreno, pero entonces se detuvo. No esperaba una victoria tan sencilla. Su rostro estaba a unos pocos centímetros del de ella y le rozaba las puntas de los dedos. Aunque todavía llevara los guantes blancos, Ava podía sentir el calor de su mano. Estaba lo bastante cerca como para ver el color ámbar de sus pupilas y una pequeña cicatriz en la barbilla que no tenía cuando estaban en el instituto. Estaba lo bastante cerca como para oler el aroma de su perfume, fresco y almizclado, lo bastante cerca como para sentir cómo se mezclaba el calor de sus cuerpos, lo bastante cerca como para desear que se aproximara un poco más…

Ava se apartó bruscamente de la puerta y se apresuró hacia la cocina.

Té.

Eso era lo que necesitaba. Una taza de té que la calmara un poco. Apenas había podido probar el de la tetería. Tenía una variedad con camomila que le venía muy bien en ese momento. Cualquier cosa era buena con tal de sacarse de la cabeza esa idea absurda que la hacía querer estar cerca de Peyton.

Sin siquiera quitarse los guantes y el sombrero, agarró el hervidor, lo llenó de agua y lo puso sobre la base. Sacó la lata de té de una estantería y buscó el colador en un cajón. Sentía la mirada de Peyton sobre la piel. Por eso sabía que la había seguido hasta la cocina también. Sin embargo, fingió no haberse dado cuenta de su presencia. Después de preparar el té y la taza, buscó los cubiertos en un cajón.

—Ava —dijo él por fin al ver que ella no iba a continuar con la conversación.

—¿Qué? —dijo ella mientras buscaba en un cajón.

—Habla conmigo, por favor.

—¿No estamos hablando? —le preguntó ella sin levantar la vista—. A mí me parece que estamos hablando. Si no estamos hablando, ¿qué es lo que estamos haciendo?

—No sé qué estás haciendo tú, pero yo estoy intentando que me mires para poder explicarte por qué hice lo que hice antes.

Estaba claro que no iba a marcharse hasta que le escuchara, así que Ava dejó de buscar y cerró el cajón con un golpe brusco. Se volvió hacia él.

—Intentaste que nos echaran del local a propósito.

—Tienes razón. Lo hice.

Peyton estaba en el umbral de la cocina. Su presencia llenaba todo el espacio, haciéndolo aún más pequeño. Mientras caminaban por la calle se había soltado la corbata y se había desabrochado los últimos botones de la camisa, pero, por primera vez en esa semana, parecía que estaba cómodo con su nueva ropa.

–¿Por qué lo hiciste? Lo estábamos pasando bien.

–No. Tú lo estabas pasando bien, Ava. Yo me estaba convirtiendo en la maldita Mary Poppins.

–Pero, Peyton, si quieres entrar en mi mundo, entonces tienes que saber…

–No necesito saber cómo tomar el té –le dijo él, interrumpiéndola–. Admítelo, Ava. La única razón por la que me llevaste a ese sitio fue para ajustar cuentas conmigo por algo, por no comportarme como un caballero, como lo que tú consideras un caballero, en el Art Institute ayer, o a lo mejor por alguna otra cosa que he hecho esta semana. Dios sabe que sigues siendo tan difícil de entender como cuando estábamos en el instituto.

Ava decidió ignorar la primera parte de su discurso. No le había llevado a la tetería para humillarle, aunque quizás había algo de cierto.

–¿Lo que yo considero un caballero? –exclamó con indignación–. A ver si te enteras, Peyton. Lo que yo te estoy enseñando es lo que cualquier mujer en su sano juicio querría de un hombre.

Peyton sonrió al oír eso. Era una sonrisa arrogante, igual que todas esas que le había regalado en el instituto.

–Oh, ¿en serio? Es curioso, pero a muchas de las mujeres que me conocieron antes de la última semana les gusté tal y como era. A muchas mujeres, Ava –repitió–. Les gusté así, sin más.

Ella le devolvió la sonrisa con toda la arrogancia de la que fue capaz de hacer acopio.

–Fíjate en lo que he dicho: «Cualquier mujer en su sano juicio». No creo que hayas conocido a muchas de esas, teniendo en cuenta el círculo social, o lo que fuera, en el que creciste.

Ava se arrepintió de sus palabras en cuanto salieron de su boca, pero él continuó sonriendo. Su mirada se endureció, sin embargo.

–Sí, pero últimamente me muevo en el círculo social en el que tú creciste. Y yo, al menos, sí me gané mi propio dinero, Ava. Eso es más de lo que tú puedes decir. Gracias a tu padre tienes todo lo que tienes, y ni siquiera tu padre trabajó por lo que tiene, sino que lo heredó de su padre, el cual lo heredó de su padre también. Maldita sea, Ava, ¿cuánto tiempo hace que la gente de tu familia trabajó por todo lo que tiene?

Ava sintió una punzada en el pecho al oír eso, y no solo porque fuera cierto lo que había dicho de su padre, sino también porque le recordaba cómo era su familia, cómo habían tratado a la gente como Peyton.

El agua comenzó a hervir. Agradeciendo la distracción, Ava dio media vuelta y echó el agua caliente en una taza. Durante unos segundos permaneció en silencio, con la mirada fija en el líquido color ámbar. Él dio unos pasos y entró en la cocina. Se detuvo junto a ella. Una vez más estaba lo bastante cerca como para sentir su calor y aspirar su aroma.

–¿Entonces eso es todo?

–¿Qué? –le preguntó ella, sin levantar la vista.

—¿No vas a decir nada más?

—¿Qué quieres que te diga?

—No lo sé. Podrías acusarme de ser un «nuevo rico». Podrías decirme que mi dinero no merece ser comparado con el tuyo, o algo así.

La Ava adolescente hubiera dicho algo así, pero sin duda hubiera escogido mejor las palabras para hacer el máximo daño posible.

—¿Por qué iba a decir algo así si tú ya lo has dicho?

—Porque yo no lo decía de verdad.

—Muy bien. No lo decías de verdad.

—¿Por qué no discutes conmigo? —le preguntó él, cada vez más irritado.

—¿Por qué quieres que discuta?

—Deja de contestar a mis preguntas con otra pregunta.

—¿Hago eso?

—Maldita sea, Ava, yo…

—Vigila tu lenguaje —le dijo ella de manera automática, tal y como había hecho durante toda la semana.

Él vaciló un momento.

—No.

Eso sí la hizo levantar la mirada.

—¿Qué?

Él volvió a sonreír, pero esa vez no lo hizo con arrogancia. Esa vez había un desafío en su expresión.

—He dicho «no». No voy a vigilar mi lenguaje. Estoy cansado de vigilar mi lenguaje.

Para demostrarle lo que quería decir, reafirmó su respuesta con una serie de palabrotas que la hicieron encogerse. Esperaba un contraataque.

Ava se volvió hacia su taza de té. Remojó el colador unas cuantas veces más antes de sacarlo de la bebida y entonces se llevó la taza a los labios y sopló. Cuando se atrevió a mirar a Peyton de nuevo, vio que su irritación se había convertido en enfado. Volvió a poner la taza sobre la encimera sin haber probado el brebaje, pero siguió mirándolo mientras hablaba.

—Basta de discusiones, Peyton. Estoy cansada de esto y no nos lleva a ninguna parte.

Él no dijo nada. Se limitó a taladrarla con la mirada, tenso y rígido. Sin embargo, a medida que transcurrían los segundos, pareció que iba cediendo terreno.

—Si me disculpo por mi comportamiento de esta tarde, ¿volverás a trabajar conmigo?

Ava pensó que debía decirle que no. Ya tenía recursos suficientes como para poder arreglárselas solo a partir de ese momento. Sin embargo, por alguna razón, guardó silencio.

—Dijiste que todavía teníamos mucho trabajo que hacer —le recordó él.

Una vez más, ella permaneció callada.

—¿Y si Caroline me prepara una cita con Francesca en la que tenga que comer marisco? ¿Y si nos hace ir a una vinoteca? Apenas hemos hablado del vino y eso es algo de lo que siempre termináis hablando vosotros los ricos. O podría mandarnos a bailar. No sé dar ni un paso de baile. Ni siquiera me sé ese baile del caballo de *Gangnam Style*.

Ava no pudo esconder la sonrisa.

—Muy bien —dijo por fin—. Te enseñaré todo lo que tienes que saber sobre el marisco, el vino y el baile, de aquí al final de la semana que viene.

—Y algunas cosas más.

Ella levantó la vista y entonces deseó no haberlo hecho. En cuestión de segundos, él parecía haberse vuelto mucho más atractivo que antes. Parecía más dulce, más cercano, el hombre que cualquier mujer en su sano juicio…

—¿Qué cosas?

Él vaciló durante unos segundos antes de hablar.

—Haré una lista.

—Muy bien —Ava accedió, no sin reticencia.

—¿Me lo prometes?

Aquella era una extraña petición. ¿Por qué quería que se lo prometiera? Era como si hubieran vuelto a ser adolescentes. ¿Por qué no se fiaba de que fuera capaz de llegar hasta el final?

—Sí. Te lo prometo.

—¿Prometes ayudarme con todo aquello en lo que necesito ayuda?

—Sí. Te lo prometo. Pero, a cambio, tienes que prometerme que dejarás de desafiarme a cada paso que dé.

Él sonrió de oreja a oreja, pero no había nada de soberbia en su sonrisa en esa ocasión.

—Oh, vamos. Te encanta que te desafíe.

–Prométemelo.

Él levantó la mano derecha y le mostró la palma, como si estuviera comprometiéndose a algo.

–Te lo prometo.

–Este día lo hemos perdido. Es demasiado tarde para empezar con nada.

–Siento haberme comportado así en la tetería.

–Y yo siento haberte hecho ir a la tetería.

Eso la hizo recordar que aún llevaba los guantes y el sombrero. Comenzó a desabrochárselos con mucha paciencia.

–No, por favor –dijo Peyton de repente.

Cuando ella le miró, vio que su mirada estaba fija en los guantes.

–¿Por qué no?

Él la miró a la cara y Ava no pudo evitar pensar que parecía sentirse culpable por algo.

–Eh… es que… Quiero decir que… –tragó con dificultad–. Te quedan muy bien.

Ava se dio cuenta de que sus mejillas mostraban un ligero tono sonrosado. Había algo en sus ojos que la hizo sentir un calor repentino en el estómago.

–Gracias –le dijo en un tono un tanto inseguro.

Cuando empezó a desabrocharse el guante de nuevo, Peyton levantó una mano, como si quisiera objetar algo más. Ella se detuvo, observándole en silencio, y él bajó la mano.

Ava continuó desabotonando los guantes, consciente de su mirada en todo momento.

Sintió que las manos no le obedecían. El segundo botón le costó mucho más que él primero y el tercero le llevó aún más tiempo.

—¿Puedes ayudarme, por favor?

Peyton tardó un momento en asimilar su petición. Tenía la mirada fija en su mano.

—¿Qué? —le preguntó por fin.

Él también parecía distraído.

—Mi guante. Los botones. No consigo desabrocharlos. ¿Te importa?

Las mejillas de Peyton volvieron a teñirse de rosa.

—Claro que no me importa. Estoy encantado de quitártelos. Encantado de ayudarte a desabrocharlos.

Levantó las dos manos, pero vaciló un momento antes de tocarla. Ava dio un paso adelante. Peyton se acercó, eliminando así el poco espacio que quedaba entre ellos. Ava sintió el choque de su torso y entonces notó el calor de su mano al cerrarse sobre el guante. Capturó el cuarto botón con el pulgar y el índice y comenzó a desabrochárselo. El roce era exquisito.

El contacto de sus manos no hacía más que revivir recuerdos que podían llevarla por un camino peligroso, pero Ava no era capaz de ahuyentarlos. Y entonces, de repente, se dio cuenta de que él ya no le estaba desabrochando el botón, sino que hacía todo lo contrario.

—Peyton, ¿qué haces?

—Oh, creo que me gustan más puestos.

—Pero…

Ava no pudo terminar la frase, porque él se acercó de golpe y le dio un beso. Ava dejó escapar un pequeño suspiro de sorpresa y él aprovechó que tenía los labios abiertos para colarse entre ellos. Tiró de ella, sujetándola con firmeza.

Ava le devolvió el beso. El sombrero se le descolocó al chocar contra el rostro de Peyton y trató de quitárselo.

–No –le dijo agarrándole la mano.

–Pero me molesta.

Él sacudió la cabeza.

–No. Está perfecto así.

Ambos respiraban con dificultad y se miraban a los ojos, pero ninguno de los dos parecía saber qué hacer.

–Peyton, ¿qué estamos haciendo?

–Algo que llevábamos mucho tiempo queriendo hacer, creo.

–No creo que tanto. Solo llevas dos semanas en Chicago.

–Esto empezó mucho antes de que volviera a Chicago.

–No es una buena idea.

–Tampoco lo fue hace dieciséis años, pero eso no nos detuvo.

Peyton bajó la cabeza y volvió a besarla. A Ava todo pensamiento racional parecía abandonarla de repente. En cuestión de segundos terminó sujetando el rostro de Peyton con ambas manos y devolviéndole el beso con toda la ternura que él le estaba dando.

Ava enredó las manos en su pelo y le agarró de la nuca. Deslizó las yemas de los dedos sobre las solapas de su chaqueta y se la quitó. Él se desprendió de la prenda y entonces comenzó a desabrocharle los diminutos botones del vestido. Ella quería desabotonarle la camisa, pero los guantes se lo impedían. Se apartó un momento de él para intentar quitárselos de nuevo, pero él la detuvo.

–Quiero quitármelos para poder tocarte.

–Yo no quiero que te los quites. Por lo menos la primera vez. Ni tampoco el sombrero.

A Ava se le aceleró el pulso al imaginar una segunda, o incluso una tercera vez. Aquella noche, dieciséis años antes, también lo habían hecho tres veces, pero la tercera vez lo habían conseguido gracias a él, gracias a sus caricias dulces y sutiles. Había disfrutado tanto de sus caricias entonces… y también en este momento. Sentía que nunca había vuelto a disfrutar de esa intimidad desde aquella noche.

La empujó hacia la puerta de la cocina, después hacia el pasillo y finalmente hacia la puerta del dormitorio. Alcanzó el dobladillo del vestido junto cuando llegaban a la cama y, tras soltarle el último botón, se lo abrió por completo. Debajo Ava llevaba un sujetador de balconcillo de encaje blanco y braguitas a juego. Peyton agarró las braguitas, se las bajó por las caderas y entonces la hizo sentarse en el borde de la cama.

Continuó bajándole las braguitas, arrodillándose para deslizarlas por sus pantorrillas y tobillos. Se colocó entre sus piernas y le separó los muslos. Cuando Ava enredó las manos, cubiertas por los guantes blancos, en su pelo, le agarró una de ellas para darle un beso en el centro de la palma. Ella cerró los ojos y sintió el roce de sus labios a través de la tela. La sensación le atravesó la piel, llegando al centro de su ser.

Después sintió su boca sobre la piel desnuda del muslo y contuvo el aliento. De manera instintiva, trató de cerrar las piernas, pero él se las agarró y se las abrió aún más. Entonces comenzó mover los labios cada vez más arriba hasta llegar a probar el centro de su feminidad.

El placer se le acumulaba en el vientre a Ava como un chorro de miel a medida que él movía la lengua, acariciando ese lugar tan íntimo y desencadenando oleadas de placer que la sacudían. Una y otra vez la saboreaba, la excitaba. Poco a poco, esas oleadas comenzaron a generar una tensión creciente. Las olas se acercaban cada vez más, la alcanzaban. Ava creía que ya no podía aguantar el torbellino que se estaba gestando en su interior. Justo cuando creía que todo se iba a hacer añicos, ese mar de placer la engulló por fin. Se precipitó sobre la cama, con los brazos extendidos a ambos lados, rindiéndose ante la sacudida del clímax.

Delirante, luchando por tomar el aliento, logró levantar la cabeza a tiempo para verle ponerse de pie. Peyton se desabrochó la camisa con una sonrisa en los labios, la arrojó al suelo y se desabrochó los pantalones.

Tenía el torso bien esculpido, fibroso, y la musculatura de sus bíceps era digna de admirar. Por fin logró desabrocharse el cinturón y se bajó la cremallera. Debajo llevaba unos boxer de seda que ella no le había mandado a comprar. Cuando se lo quitó, Ava pudo ver que estaba muy excitado, listo para ella. Al verle en toda su plenitud masculina, contuvo el aliento. Parecía tan seguro de sí mismo, tan imponente. Él se acostó a su lado y le rodeó la cintura con un brazo. Entonces se acercó, le quitó la red que le cubría el sombrero y le dio un beso. Ella enroscó los dedos alrededor de su cuello y tiró de él. Durante unos segundos luchó por hacerse con el control del beso, pero finalmente terminó sucumbiendo y dejándose llevar. Le abarcó uno de los pechos con una mano y comenzó a masajeárselo. Después deslizó las yemas de los dedos sobre el encaje de su sujetador hasta encontrar el cierre frontal. Se lo soltó con facilidad y apartó la prenda de su camino. En cuestión de segundos, Ava pudo sentir sus manos sobre la piel, cálidas e insistentes.

Peyton la colmó de besos, sobre la mejilla, sobre la frente, a lo largo de la mandíbula. Continuó descendiendo por el cuello y finalmente acabó besándole los pechos. Se concentró en uno de ellos y deslizó la punta de la lengua a lo largo de la curva inferior para después abrir la boca del todo sobre el pezón. Se lo introdujo en la boca y aplastó la lengua contra él, probando su sabor tal y como había hecho en otras zonas de su cuerpo. Ava sintió que esa marea de placer la alcanzaba de nuevo.

Peyton pareció comprenderla, porque se colocó mejor sobre ella y volvió a besarla en los labios. Mientras lo hacía, la penetró, lentamente, llegando hasta el fondo de su feminidad. Ava suspiró al sentir la sensación de culminación que la embargaba y abrió un poco más las piernas para acomodarle mejor. Él se retiró un instante y entonces empujó con las caderas de nuevo. Ava gritó al sentir el segundo golpe. Sus cuerpos encajaban a la perfección. Peyton se apoyó en los codos y empujó de nuevo. Ella enroscó las piernas alrededor de su cintura y levantó las caderas para recibirle.

Juntos fijaron un ritmo tranquilo que muy pronto desembocaría en algo frenético.

Llegaron al clímax a la vez y ambos gritaron casi al unísono al sentir el embate del éxtasis más intenso.

Ava le observó en silencio durante unos segundos. Era tan hermoso... Era un amante poderoso, generoso. Había pensado que iba a poder manejarlo. Había pensado que sus hormonas se habían calmado y que no iba a perder el control esa vez. Había creído que tenía la inmunidad garantizada.

Pero se había equivocado, en todo.

Capítulo Nueve

La segunda vez que Peyton se levantó en el dormitorio de Ava, estaba tan desorientado como la primera. Lo único diferente era que esa vez no era por culpa del alcohol, sino por culpa de ella.

Con mucho cuidado, Peyton se levantó de la cama y entonces se detuvo un instante para asegurarse de que no la había despertado.

Café. Necesitaba un café. Localizó sus boxer y sus pantalones y se los puso. Sin siquiera molestarse en abotonarse la camisa, se dirigió hacia la cocina. Todavía se le hacía extraño lo pequeña que era la casa, y una vez más se preguntó cuál sería su residencia habitual. ¿Por qué se empeñaba tanto en mantenerlo en secreto? A lo mejor esa vez sí le llevaría a su casa, a su verdadera casa, después de lo que había ocurrido…

Cortó de raíz esos pensamientos. No tenía motivos para pensar que ese día fuera a ser distinto al día anterior.

Un sonido a sus espaldas le hizo darse la vuelta. Ella estaba en el umbral. Parecía una mujer fatal de una de esas películas de los años 40. Llevaba una bata de seda con un estampado de flores rojas y el cabello le caía sobre la frente y le bailaba alrededor de los hombros.

–Todavía estás aquí –le dijo, sorprendida.

–¿Dónde más iba a estar?

Ella levantó un hombro y el gesto hizo que se le entreabriera más el escote de la bata.

–No sé. Cuando me desperté y vi que no estabas, pensé…

–¿Pensaste que me había ido por la ventana de tu habitación y que me ibas a ver el lunes en el colegio?

Peyton quería hacerla sonreír, pero obtuvo el efecto contrario.

–Algo así.

Era evidente que pensaba que lo ocurrido no había sido nada más que una repetición de lo de dieciséis años antes y que nada había cambiado entre ellos.

–¿Un café? –le preguntó él, cambiando de tema, pero entonces recordó que todavía no lo había preparado–. Quiero decir que iba a preparar café, pero no sé dónde está.

–Está en la estantería que tienes a tu derecha.

Peyton la abrió y localizó el café y otros comestibles. ¿Con qué frecuencia se quedaba en ese apartamento? La otra vez que había estado en la casa se había fijado en lo bien surtido que estaba el cuarto de baño.

Ninguno de los dos dijo ni una palabra mientras preparaba la cafetera. A cada minuto que pasaba, el peso del silencio se hacía más incómodo.

—Bueno —dijo él, por fin—. ¿Qué tenemos para hoy? Es sábado. Eso nos debería dar más opciones, ¿no?

Ava no dijo nada, parecía que estaba pensando en algo.

—En realidad estoy pensando que a lo mejor es momento de lanzarse a la piscina.

—¿Qué quieres decir?

Ella vaciló un momento antes de hablar.

—Quiero decir que a lo mejor es momento de introducirte en sociedad a ver cómo van las cosas.

Peyton sintió un pánico repentino.

—Pero me dijiste que todavía tenemos muchas cosas que hacer.

—No. Fuiste tú quien lo dijo.

—Oh, sí. Pero eso es porque las hay.

Una vez más ella titubeó.

—A lo mejor. Pero esa es otra de las razones por las que debemos seguir adelante y lanzarnos al agua. Así veremos dónde están los problemas que quedan. ¿Quién sabe? A lo mejor te sientes como en casa y no necesitas más formación.

Peyton se mostró escéptico. Por mucho que hubiera aprendido en esas dos semanas, jamás llegaría a sentirse cómodo en el mundo de Ava, aunque se pasara diez años estudiando normas de protocolo y cortesía. ¿Pero por qué parecía esperanzada con la idea de no tener que enseñarle nada más? Era como si quisiera librarse de él.

—¿Qué tenías en mente?

—Esta noche hay un evento benéfico para recaudar fondos en La Rabida Children´s Hospital, en Palmer House. Es la ocasión perfecta. Toda la gente importante va a estar allí. Solo se puede asistir con invitación, pero estoy segura de que si la gente se entera de que Peyton Moss, el aspirante a multimillonario, está en la ciudad, podrás hacerte con una.

–¿Pero por qué no puedo ir contigo?

–Porque yo no estoy invitada.

Peyton abrió la boca, sorprendido. ¿Ava Brenner no estaba invitada al evento social más importante de la ciudad?

–¿Por qué no?

Ella guardó silencio un momento. Se cerró un poco la bata y se apretó el cinturón.

–Yo, eh… Tuve un problema con la organizadora. Desde entonces, procuro no aparecer en ninguna lista de invitados que pase por sus manos –siguió adelante antes de que pudiera preguntarle más detalles–. Pero si hablas con la gente adecuada, tendrás una invitación sin problema.

–¿Pero quién va a hablar con la gente adecuada?

–Una amiga mía que va a asistir me debe un favor. Le diré que contacte con el coordinador del evento esta misma mañana. Deberían llamarte por la tarde.

–Pero…

–¿Pero qué? –le preguntó ella–. O estás preparado o no lo estás. Si podemos averiguarlo esta noche, mucho mejor.

Peyton sabía que tenía razón. Las cosas serían más fáciles si tomaban caminos separados lo antes posible. Los dos lo sabían. Tampoco tenían un futuro en esa ocasión.

–¿No podrías venir conmigo como invitada mía o algo así?

–No creo que sea una buena idea –le dijo ella.

–Entonces no voy a ir.

Ella volvió a mirarle y, durante una fracción de segundo, pudo ver a aquella chica a la que había conocido en Emerson: el brillo de sus ojos, la postura erguida, el rictus de prepotencia…

–Muy bien –dijo ella finalmente–. Iré, pero solamente como observadora, Peyton. Estarás solo a la hora de mezclarte con la gente. Y con cualquier otra cosa que surja.

Peyton quería objetar algo, pero desistió, se conformaba con haberla convencido para que le acompañara.

Ava contempló su propio reflejo en el espejo de un probador de En Boca de Todos. Se preguntaba si sería capaz de engañar a otros y hacerles pensar que el vestido era suyo, y no alquilado. ¿Sería capaz de hacerles pensar que era rica, glamurosa y refinada, como el resto de la gente que asistiría a la fiesta? ¿Sería fácil no delatarse como una impostora que apenas llegaba a pagar la cuota mensual del préstamo que había pedido para el negocio?

Ese era el motivo principal por el que las mujeres acudían a En Boca de Todos: para sentirse más importantes y poderosas de lo que eran en realidad. A veces querían impresionar a un posible jefe. En otras ocasiones se trataba de mujeres que tenían una cena con viejos compañeros del instituto y querían mostrarles a amigos y viejos conocidos lo bien que les iba. Otras, en cambio, simplemente querían moverse en un nivel social en el que nunca antes se habían movido, aunque solo fuera por una noche, solo para saber cómo era.

Fantasías. Eso era lo que realmente alquilaban en la tienda. Y era precisamente una fantasía lo que Ava trataba de recrear esa noche para sí misma, porque solo en una fantasía podría ser bienvenida en una sociedad en la que en otra época tenía poder. Y solo en una fantasía podría caminar junto a Peyton dentro de ese mundo. Esa vez era Peyton quien era bienvenido, no ella.

A pesar del paso de los años y de lo mucho que le había cambiado la vida, Peyton seguía siendo el mismo. Seguía sonriendo como un pícaro y aún era capaz de concentrarse al máximo hasta el punto de excluir todo lo demás. Seguía preocupándose por los perdedores y nunca pasaba por delante de un músico callejero sin darle algo de dinero. No había cambiado en absoluto y ella seguía sintiendo lo mismo que sentía tantos años antes, eso que había escondido tan bien.

Ava dejó escapar un sonido de sorpresa y derrota a la vez. Dieciséis años antes, Peyton y ella no podrían haber mantenido una relación porque los círculos sociales a los que pertenecían se lo impedían, tanto el de él como el suyo propio. Nadie la hubiera aceptado en su mundo, y nadie le hubiera aceptado a él en el mundo de Ava Brenner. Además, por aquella época ninguno de los dos hubiera tenido la habilidad suficiente o el nivel de madurez necesario para llevarlo en secreto. Al final las cosas hubieran terminado mal. Lo que sentían se hubiera consumido rápidamente, como la mecha de una vela. Se hubieran hecho mucho daño el uno al otro, y ese recuerdo podría haberles acompañado durante el resto de sus vidas...

Pero las cosas no eran muy distintas en el presente. El éxito de Peyton le había colocado en ese lugar privilegiado y tenía derecho a aspirar a conseguir a una mujer digna de su estatus, la clase de mujer que podía mejorar su imagen pública y mejorar aún más su posición social. Debía ser alguien con caché, que tuviera acceso a los mejores círculos de la élite social, alguien de alcurnia, proveniente de una estirpe sin mácula. Peyton no necesitaba a una mujer cuyo padre era un estafador y cuya madre había sucumbido a una enfermedad mental, una mujer que apenas podía pagar las facturas que le llegaban a fin de mes. Él había luchado mucho para llegar a lo más alto. Él mismo se lo había dicho y no iba a ponerlo todo en peligro por alguien como ella, sobre todo teniendo en cuenta que lo único que ella podía ofrecerle era un desahogo físico, por muy explosivo que fuera.

A lo mejor también había emociones, o incluso

amor, por su parte, pero por parte de él... no había nada. Nunca podría haberlo habido. Aquella noche, en casa de sus padres, se había marchado casi corriendo, y al día siguiente no había tenido problema en volver a ser su más acérrimo enemigo. Esa misma mañana, además, no había hecho ni la más mínima alusión a lo ocurrido la noche anterior. Era como si lo que había pasado entre ellos no significara absolutamente nada para él, como si no hubiera cambiado nada.

Una ola de nervios sacudió a Ava por dentro mientras se miraba en el espejo por última vez. El evento de esa noche era uno de los más grandes de Chicago. Era bastante probable que no se encontraran con nadie de Emerson, pero tampoco era imposible.

A lo mejor si se ponía una de esas gafas de sol de Chanel, tan elegantes y con pedrería...

Ava descartó la idea de inmediato. Ya no estaba de moda llevar gafas de sol a un evento social, a menos que fuera un partido de polo o una carrera, y tampoco podía permitirse añadir más accesorios al conjunto. El traje entallado de Marchesa con abalorios dorados, combinado con los zapatos de Escada, el bolso de fiesta, el chal y el collar de zafiros de Bulgari ya se había llevado una buena tajada de sus ahorros, así que probablemente tendría que pasar todo el verano comiendo macarrones con queso.

Se dio la vuelta y contempló la espalda caída del vestido. El moño que se había hecho le había salido perfecto y había conseguido un estilo que no dejaba indiferente.

Lucy la estaba esperando junto al probador.

–¿Sabes? Pensaba que los zapatos azules y el bolso no iban a quedar bien, pero con ese collar, todo encaja a la perfección. Supongo que es por eso que eres la jefa.

«Quien tuvo retuvo», pensó Ava.

El pensamiento, sin embargo, la hizo sentir un pánico repentino. Realmente esperaba no encontrarse a nadie conocido esa noche.

–Tengo que irme. Muchas gracias de nuevo por haber hecho tantas horas extra esta semana. Ya te compensaré por ello.

–Ya lo has hecho –le dijo Lucy con una sonrisa de oreja a oreja–. Lo has hecho una y otra vez.

Ava le devolvió la sonrisa.

–Gástatelo bien –le dijo, pensando en lo mal que había administrado el dinero en esa ocasión.

Ojalá se le hubiera ocurrido exigirle a Peyton que le pagara los gastos aparte.

–¡Que lo pases muy bien! –exclamó Lucy al tiempo que Ava caminaba hacia la puerta–. ¡No hagas nada que no haría yo!

«Ya es tarde para eso, Lucy.», pensó Ava. Era tarde porque ya lo había hecho: se había enamorado de un hombre que jamás la correspondería.

Capítulo Diez

Peyton caminaba de un lado a otro, delante del Palmer House Hilton. Ya era la décima vez que miraba el reloj y se tiraba de la corbata negra a juego con su nuevo esmoquin. Ava tenía razón respecto a lo de la llamada. Esa mañana ella misma se había puesto en contacto con una chica llamada Violeta. Esta, a su vez, había llamado a una tal Catherine y en cuestión de unas pocas horas había recibido una llamada de la misma Catherine, que al final había resultado ser una vieja amiga de Ava en Emerson, una de esas chicas que le trataban incluso peor que la propia Ava por aquella época. Pero las cosas parecían haber cambiado mucho y Catherine no había escatimado en halagos y adulaciones con tal de garantizar su presencia en la «pequeña velada» que organizaba. Además, le había hecho prometerle que la buscara en cuanto llegara al lugar para que pudieran hablar de los «viejos tiempos».

Peyton no daba crédito.

¿Pero dónde estaba Ava? Ya debería haber llegado. Observó con atención la cola de taxis y coches lujosos que se abrían paso a lo largo de Monroe Street. De repente, como si sus pensamientos hubieran obrado un milagro, la puerta de un taxi amarillo se abrió y allí estaba ella.

Peyton se quedó sin aliento. Ava brillaba como una estrella. Estaba… No era capaz de pensar en un solo adjetivo para describirla.

—¿Qué estás haciendo aquí fuera? —le preguntó ella a modo de saludo, deteniéndose frente a él.

—Te estaba esperando.

—Se suponía que tenías que decir mi nombre en la puerta, como tu acompañante, y entrar sin mí para poder empezar a socializar. No estamos juntos, ¿recuerdas?

¿Cómo iba a olvidarlo? Ella le había dejado muy claro esa mañana que lo de la noche anterior no cambiaba nada entre ellos.

—Pero no conozco a nadie. ¿Cómo quieres que empiece a socializar si no conozco a nadie?

—Peyton, de eso se trata.

Lo de socializar no era una de las actividades favoritas de Peyton precisamente.

—Solo prométeme que no te perderé de vista —le dijo a Ava.

—Te lo prometo. Bueno, ahora entra ahí y sé ese arribista aspirante a miembro de la alta sociedad al que he entrenado y al que he llegado a am… al que he entrenado.

Peyton sintió que el estómago se le encogía al oírla atragantarse con la palabra «amar». Sin embargo, prefirió dejarlo pasar y concentrarse en otra palabra.

–¿Arribista aspirante…? ¿Qué demonios es eso? Esa no es una de las palabras refinadas que me enseñaste. ¿Lo ves? Ya te dije que todavía teníamos mucho que hacer.

–Simplemente dales mi nombre y entra –le dijo Ava, señalando la puerta de entrada–. Contaré hasta veinte y entonces entraré detrás de ti –Peyton echó a andar–. ¡Y nada de palabrotas! –le dijo en un susurro enérgico.

Peyton se obligó a avanzar, ignorando las mariposas que le revoloteaban en el interior. En realidad no tenía ningún motivo para estar nervioso. Llevaba mucho tiempo frecuentando lugares exclusivos como ese y ya hacía mucho tiempo que había dejado de sentirse incómodo en el ambiente. A pesar de eso, sin embargo, se sorprendió cuando el portero dio un paso adelante para abrirle la puerta y darle la bienvenida al Palmer House Hilton. Por alguna razón esa noche se sentía como aquel chico de dieciocho años que nunca se había marchado de Chicago, un chico de los barrios bajos que trataba de colarse en un sitio en el que no debía estar, un sitio en el que no era bienvenido, al que no pertenecía.

El sentimiento se agrandó una vez entró en el hotel. El Palmer House era un edificio discreto por fuera, pero por dentro parecía una catedral bizantina. El lugar estaba abarrotado de gente muy bien vestida, tanto como el propio Peyton. Los hombres llevaban corbatas negras y las mujeres llevaban rutilantes vestidos de colores.

Catherine Ellington se había casado con Chandler Ellington, antiguo compañero de Peyton en el equipo de hockey, el mayor...

Peyton trató de pensar en una palabra para describir a Chandler sin caer en lo soez, pero no lo consiguió. Siempre le había tratado muy mal en el colegio. Y Catherine tampoco se había quedado atrás, así que, hacían la pareja perfecta.

En cualquier caso, estaba seguro de poder reconocerlos si los veía. Siguió el avance de la multitud, pensando que todos se dirigían hacia el mismo sitio. De repente se encontró en el gran salón de fiestas, tan suntuoso e intimidante como el vestíbulo. Arañas de cristal colgaban del techo de un espacio que parecía sacado del Palacio de Versalles. Una entreplanta con barandillas doradas abarcaba todo el perímetro y la gente se agolpaba en ambos niveles, con sus copas de champán y vasos de cóctel. Un camarero pasó en ese momento con una bandeja llena de los dos tipos de bebida. Peyton tomó un vaso rápidamente.

Bebió un par de sorbos para calmarse un poco, pero la bebida no disipó la inquietud que sentía. Escudriñó a la multitud en busca de un destello dorado con zafiros y lo encontró rápidamente. Ava acababa de entrar en el salón y estaba tomando una copa de champán de una bandeja. Peyton esperó a que le viera y entonces levantó la copa a modo de saludo. Ella sonrió furtivamente e hizo lo mismo, con la sutileza suficiente para que solo él pudiera ver el gesto.

Era suficiente. Peyton respiró profundamente, dio media vuelta y se adentró en la multitud.

Ava logró aguantar toda la primera hora sin problemas, sobre todo porque se parapetó entre dos plantas decorativas situadas en la entreplanta. De esa manera podía vigilar a la multitud, aunque Peyton se moviera de un lado a otro, era fácil tenerle controlado.

Muy pronto se dio cuenta, no obstante, de que no era necesario tenerle controlado. Parecía estar en su salsa. Nada más entrar en el río de personas, se había fundido con el ambiente como si siempre hubiera pertenecido a la casta. Ava esperaba que pudiera cometer un error en cualquier momento, algo como desabrocharse la corbata o pedirle un botellín de tercio de cerveza al camarero, pero hasta ese momento todo estaba saliendo a la perfección. En ese instante asía una bebida con todo el glamour de James Bond y le sonreía a Catherine Bellamy como si fuera la mujer más fascinante que hubiera conocido jamás.

Él la había localizado en cuanto había llegado, o más bien había sido al revés. Catherine le había encontrado a él y aún no había logrado librarse de ella. La distinguida joven parecía encantada de escoltarle entre los invitados al evento y estaba ejerciendo de anfitriona, presentándole de nuevo a muchos de sus antiguos compañeros de colegio. Peyton los saludaba a todos con esa sonrisa radiante que no pasaba inadvertida, como si nunca le hubieran tratado mal quince años antes.

Si era capaz de hacer eso, estaba claro que ya no necesitaba más instrucciones en cuanto al código de etiqueta. Después de esa noche, podía arreglárselas sin ella y defenderse con soltura en cualquier contexto social. Después de esa noche, podía regresar a San Francisco para ponerse al frente una vez más de ese negocio de miles de millones de dólares al otro lado del país. Podía ir en busca de la mujer adecuada, esa que le había encontrado la casamentera. Podía seguir con su vida de éxito, con su esposa de sangre azul y sus hijos de buena casta. Podía llevar su empresa a lo más alto y llenarse los bolsillos aún más. Esa era la vida que él quería. Esa era la vida por la que había luchado tanto, durante tanto tiempo. Esa era la vida por la que estaba dispuesto a sacrificarlo todo. Era dueño de su propio destino, y ese destino no incluía...

—Ava Brenner. Oh, Dios mío.

Ava se sorprendió. Resultaba increíble que el cerebro pudiera recuperar y procesar tan rápidamente una información olvidada durante tanto tiempo. Reconoció la voz antes de darse la vuelta, aunque no hubiera vuelto a oírla desde sus tiempos de instituto. Deedee Hale, de los Hale de Hinsdale. Junto a ella estaba Chelsea Thomerson, otra de sus antiguas compañeras de clase. Las dos estaban espectaculares. Deedee llevaba un flamante vestido rojo y Chelsea había optado por un traje negro y ceñido sin tirantes.

–¿Pero qué estás haciendo aquí? –le preguntó Deedee en ese tono de voz de incredulidad que tan bien la caracterizaba. Nunca había sido capaz de pronunciar una oración completa sin enfatizar una palabra en concreto–. No es que no me alegre de verte, pero… es que me sorprende.

–Qué vestido tan bonito –añadió Chelsea–. Creo que nunca he visto una falsificación que pareciera tan auténtica.

–Hola, Deedee. Chelsea –dijo Ava, intentando sonar lo más cortés posible–. No es una falsificación. Es la de la nueva colección de primavera de Marchesa. Es que aún no lo has visto en ningún sitio –añadió–. Yo tengo el único que hay en Chicago ahora mismo.

–Ooh –dijo Chelsea–. Lo tienes en esa pequeña boutique que llevas.

–Sí –dijo Ava con un entusiasmo que casi resultaba convincente.

–¿Qué tal te va con ese proyecto, por cierto? –le preguntó Deedee–. ¿Aún hay que apretarse el cinturón?

–En realidad, no. Este cinturón que llevo es un modelo elástico de Escada.

–Ooh –dijo Deedee–. ¿También es de la tienda?

–Sí. Así es.

–¿Has visto a Catherine? –le preguntó Deedee–. Seguro que se sorprendió mucho al verte aquí.

–No la he visto. Hay tanta gente que no he tenido oportunidad de…

Antes de que pudiera terminar la frase, Deedee

y Chelsea le cayeron encima como un par de debutantes rabiosas. Cada una se colocó a un lado y se colgaron de sus brazos como si temieran que fuera a escaparse.

–Pero tienes que ver a Catherine –dijo Deedee–. Quiere saludar personalmente a todos los invitados. Y como casi nunca vienes a estas cosas –añadió Chelsea–., estoy segura de que Catherine querrá verte.

«No deberías estar aquí, y cuando Catherine te vea, te va a poner de patitas en la calle».

Ava abrió la boca para decir algo que le permitiera escapar, pero fue inútil. Las chicas no paraban de hablar y la llevaban sin remedio hacia las escaleras, sin darle tiempo a respirar siquiera. No podía hacer nada, excepto dejarse llevar.

Deedee y Chelsea no tardaron en localizar a Catherine, que aún estaba con Peyton, y la llevaron en esa dirección sin perder tiempo. Los dos levantaron la vista casi al mismo tiempo y Ava no fue capaz de discernir quién parecía más sorprendido. Catherine, no obstante, fue la primera en recuperarse. Adoptó esa postura erguida digna de un aristócrata y esbozó su mejor sonrisa mayestática. Se apartó un mechón de pelo negro azabache de la cara y miró a Deedee y a Chelsea durante una fracción de segundo. Ava se preguntó por qué no llevaba una tiara para la ocasión.

–Bueno, Dios mío –dijo sin más–. La mismísima Ava Brenner. Cuánto tiempo. ¿Dónde has estado metida?

Ava sabía que era mejor no contestar, porque Catherine siempre contestaba sus propias preguntas. Sin embargo, a diferencia de Chelsea y de Deedee, que al menos fingían ser amables, Catherine no tenía motivos para escatimar en hostilidad, sobre todo después de haberse convertido en la abeja reina tras la forzada abdicación de Ava.

–Oh, espera. Lo sé. Has estado muy ocupada visitando a tu padre en la prisión del estado, y a tu madre en el manicomio, y también con esa tienda tuya para impostoras. Me sorprende que aún te quede tiempo para colarte en eventos a los que no has sido invitada.

A esas alturas Ava ya estaba bien curtida y no iba a responder a ningún ataque por parte de Catherine. Sin embargo, lo que sí podía hacerle daño era que Peyton oyera todo aquello.

Estaba bien entrenada para soportar esa clase de agresión verbal. Había aprendido que la mejor manera de hacerle frente era mirarles a la cara y no mostrar el menor signo de debilidad, así que eso fue lo que hizo.

Gracias a eso, no tuvo que ver la expresión de Peyton.

–En realidad, Catherine, mi padre está en una cárcel federal. Las cárceles federales –añadió, bajando el tono de voz– son mucho más exclusivas que las prisiones estatales, ¿sabes? Ahí no admiten a impostores y aspirantes.

Su respuesta tuvo el efecto deseado. Catherine guardó silencio momentáneamente.

–Y mi madre falleció hace tres años –añadió Ava–. Pero ha sido todo un detalle preguntarme por ella, Catherine. Espero que tu madre se encuentre bien. Mi madre y ella siempre fueron buenas amigas.

Habían sido buenas amigas hasta el momento en que se había destapado el escándalo de su padre. La señora Bellamy se había puesto al frente de la pandilla que se había encargado de meter a su madre en todas las listas negras de Chicago.

Catherine se quedó estupefacta ante el desparpajo de Ava. Cualquier otra persona se hubiera disculpado, o por lo menos se hubiera echado atrás, pero la abeja reina Catherine era de otra clase de personas. Una vez más, recuperó su mayestática dignidad.

–¿Y tu padre? ¿Va a salir en libertad condicional pronto?

–Dentro de cuatro años –dijo Ava con ecuanimidad–. Dale recuerdos a tu padre también, ¿quieres?

El señor Bellamy nunca había sido muy del agrado de Ava. En la fiesta del dieciséis cumpleaños de Catherine la había acorralado y la había invitado a ir a su despacho para tomar un cóctel. Afortunadamente, Ava había logrado escabullirse con cualquier pretexto.

Catherine arrugó el gesto, molesta al ver que sus provocaciones no daban fruto. Ser amable y contundente era el antídoto perfecto contra alguien tan venenoso. Catherine se volvía loca cuando la gente a quien intentaba aplastar se mantenía firme, sin perder la compostura.

–Y parece que esa pequeña tienda tuya empieza a ir bien, ¿no? –dijo, reanudando el ataque–. Sophie Bensinger y yo hablábamos el otro día de todos los farsantes que hemos visto en los eventos últimamente –añadió deliberadamente–. Todos llevaban ropa que sin duda no podían permitirse, así que debieron de alquilarla en tu tiendecita –la miró de arriba abajo–. No sabía que también eras clienta de tu propia tienda. Me parece un gran gesto vestir a los más desfavorecidos, Ava, pero, sinceramente, ¿no podrías hacerlo en otro sitio?

–Oh. No quería perder la oportunidad de reencontrarme con todos mis viejos amigos –le contestó Ava, sin perder ni un segundo.

–Peyton, estoy segura de que recuerdas a Ava Brenner, de Emerson –dijo Catherine. Su tono de voz, ya desprovisto de la acidez y la hostilidad que demostraba un momento antes, rebosaba dulzura en ese instante–. Bueno, ¿cómo íbamos a olvidar a Ava? Llevaba el colegio con mano dura. Ninguno de nosotros escapaba a su tiranía… bueno, hasta que su padre fue arrestado por robar millones de los fondos de la empresa que dirigía. Y ya no hablemos del fraude a Hacienda. Su adicción a la cocaína y sus putillas le salían muy caras. Incluso contagió de sífilis a la madre de Ava. ¿Te lo puedes imaginar? ¡Y herpes! Evidentemente se lo quitaron todo para pagar sus deudas. Incluso el reloj de Tiffany que la abuela de Ava le regaló para su fiesta de debut en sociedad, un reloj que llevaba muchas generaciones en la familia. Después de todo aquello, Ava tuvo que marcharse de Chicago y se fue a… Bueno. Se fue a vivir con otros de su clase, en Milwaukee. Ya sabes a qué clase de gente me refiero, Peyton.

Catherine fingió un estremecimiento para asegurarse el entendimiento de Peyton, dando por hecho que a alguien de su posición le costaría comprender los entresijos de lo que para ella no era sino un inframundo deleznable. Por fortuna, Peyton había aprovechado bien las lecciones de Ava y, tras titubear de manera casi imperceptible durante un milisegundo, esbozó una sonrisa que no le llegaba a los ojos, al igual que la de Catherine, y la de Chelsea, y la de Deedee.

Ava miró a su alrededor y se dio cuenta de lo bien que le había enseñado. La actitud de Peyton era completamente igual a la de aquellos en cuyo círculo iba a moverse a partir de ese momento.

–Claro que recuerdo a Ava –dijo, estrechándole la mano–. Me alegro de verte de nuevo.

Ava se soltó de Chelsea y puso su mano sobre la de él. El estómago le dio un vuelco momentáneo, pero consiguió ignorarlo con rapidez. Incluso ese pequeño contacto le hacía recordar muchas cosas y le hacía desear algo que jamás podría tener. Catherine tomó la palabra sin darle tiempo a abrir la boca siquiera.

–Claro que la recuerdas –dijo, repitiendo las palabras de Peyton–. ¿Cómo ibas a olvidar a alguien que te trató tan mal como ella? No sé si te he dicho, Peyton, que admiro muchísimo todo lo que has conseguido desde la graduación.

—Sí, me lo has dicho, Catherine —dijo Peyton, sin soltar la mano de Ava y sin dejar de mirarla fijamente—. Muchas veces, de hecho.

—Bueno, es que has logrado tantas cosas, y todo es admirable. Todos los de Emerson estamos muy orgullosos de ti. Todos veíamos tu potencial cuando estudiabas allí. Por supuesto. Todos sabíamos que dejarías atrás tu… origen humilde, y que llegarías muy lejos —Catherine miró a Ava—. Bueno, todos excepto Ava. Pero mira dónde está ahora, con un padre en la cárcel y una madre loca, sin un céntimo que la respalde —gesticuló con desprecio—. Pero hay muchas otras cosas más agradables de las que hablar. Creo que Ava ya se marchaba. Si no, buscaremos a alguien para que la acompañe a la salida.

Durante una fracción de segundo, Ava pensó que Peyton acudiría en su rescate y le diría a Catherine que era su acompañante. Incluso llegó a albergar la esperanza de que ignorara todo el código de cortesía que le había enseñado para salir en su defensa. Sin embargo, no tardó en darse cuenta de que realmente le había enseñado muy bien, demasiado bien.

Peyton se limitó a soltarle la mano y a dar un paso atrás. Levantó la copa que tenía en las manos y bebió un sorbo con despreocupación.

Ava dejó escapar el aliento. No podía evitar sentirse decepcionada. ¿Pero qué esperaba? Él se estaba comportando exactamente como debía y, además, ella tampoco había hecho méritos para merecer otra cosa. Cuando estaban en el instituto, ella le hubiera hecho lo mismo.

–Conozco el camino –dijo en voz baja–. Gracias, Catherine –se volvió hacia Peyton–. Ha sido un placer verte de nuevo, Peyton. Enhorabuena por todos tus logros.

Se dispuso a dar media vuelta, pero algo la hizo detenerse. Ya no estaban en el instituto. No tenía por qué permanecer a ese lado de la línea social, tal y como solía hacer en Emerson. Y tampoco tenía por qué sufrir en silencio los ataques de gente como Catherine. Ya no estaba en Prewitt School. Ya no pertenecía a ninguno de esos círculos, ni al de arriba ni al de abajo. Era dueña de sí misma, de su propia vida.

Y esa sociedad de ricos de buena cuna la había pisoteado dieciséis años antes. Pero ya no tenía por qué depender de ellos para progresar en su vida profesional o para ganar dinero. Su éxito, si llegaba a tenerlo en algún momento, dependía de gente como ella, gente que esperaba algo mejor y que se esforzaba por mantenerse a flote mientras tanto, gente que no se creía mejor que otros, gente que no era capaz de una crueldad tan grande, gente normal, gente de verdad, gente a la que no le importaba la jerarquía social y que cruzaba la línea sin reparar en nimiedades superficiales.

Se volvió al grupo y miró a Peyton a los ojos.

–Lo que dijo Catherine, Peyton, no es cierto. Yo sí sabía que eras mejor que todos nosotros en el instituto. Y todavía lo eres. No me habría acostado contigo entonces si no hubiera sabido eso. Y no hubiera… No me habría enamorado de ti ahora si no hubiera sabido de alguna forma que siempre has sido el mejor, que eres el mejor.

Catherine estaba bebiendo un sorbo de champán en ese momento y la bebida se le atragantó. Se ahogó de repente y escupió encima de Chelsea y de Deedee, salpicando también el traje de Givenchy de Catherine.

–¿Te acostaste con él en el instituto? –exclamó Catherine–. ¿Con él?

La última palabra denotaba tanto desprecio y repulsión que no había confusión posible. Lo que quería decir era que Ava se había rebajado hasta un límite obsceno al acostarse con un pordiosero como Peyton en aquella época. Lo que realmente quería decir era que, incluso en ese momento, a pesar de sus muchos logros, jamás sería digno de formar parte de un círculo como el de ellos.

Peyton, evidentemente, también se dio cuenta de la implicación y le dedicó una mirada corrosiva a Catherine que la ayudó a caer en la cuenta de lo que acababa de decir.

–Quería decir que… –Catherine intentó reparar el error de inmediato–. Me sorprende que vosotros dos hayáis tenido un escarceo en el instituto. Erais tan distintos.

–A mí también me sorprendió –dijo Ava, sin dejar de mirar a Peyton, pero incapaz de adivinar lo que pasaba por su mente en ese instante–. Me sorprendió que él bajara tanto el nivel como para mezclarse con alguno de nosotros. No me extraña que no quisiera que nadie se enterara.

Peyton reaccionó por fin, pero no lo hizo con rabia, o con desprecio, sino con sorpresa, incredulidad y finalmente con algo que parecía… felicidad. Una miríada de mariposas echó a volar en el estómago de Ava.

–¿Que yo no quería que nadie lo supiera? Pero si fuiste tú la que…

De repente se detuvo y miró a las otras. Todas parecían muy interesadas en lo que tenía que decir, pero no era propio de un caballero continuar con esa conversación en público. Nada de lo que ella pudiera decir a partir de ese momento les incumbía. Ya había dicho todo lo que necesitaba decir.

A partir de ese momento todo dependía de Peyton, de lo que decidiera hacer. Podía seguir buscando el sello de calidad de ese círculo elitista y frívolo o podía darles la espalda y seguir con su camino.

Si lo más importante para él era el éxito profesional y el estatus social, entonces debía mostrarse tan cortés como ella misma le había enseñado, y eso pasaba por fingir que todo lo que acababa de suceder no había ocurrido en realidad. Si esa resultaba ser su elección final, entonces la vería marcharse y seguiría charlando con sus nuevos amigos, aunque supiera lo que realmente opinaban de él. Tomaría nota mental de todas las invitaciones a futuros eventos e intercambiaría información de contacto con sus iguales. Sus nuevos amigos le presentarían a otros miembros de la tribu y así tendría oportunidad de conocer a muchas mujeres solteras de tal forma que Caroline, la casamentera, dejaría de ser necesaria.

A pesar de todo lo que había dicho Catherine y aunque en el fondo continuara siendo objeto de desprecio, se había convertido en uno de ellos. Era un miembro con todo derecho dentro de esa sociedad privilegiada. Aunque fuera un nuevo rico, su abrumadora riqueza era la mejor garantía de pertenencia al club. Si no cometía ningún error, nadie se atrevería jamás a dejarle fuera del círculo. Podía tener a la mujer que quisiera en cualquier momento y llenar las aulas de colegios como Emerson con hijos sanos y hermosos. Aunque su pasado fuera turbio, su presente y su futuro eran dignos de la portada de una revista. Era Peyton Moss, el magnate. Nadie se atrevería a criticarle abiertamente, y jamás volvería a ser objeto de burlas y humillación.

Lo único que tenía que hacer era mantener un comportamiento intachable.

–Si me disculpáis –le dijo Ava al grupo–. Me marcho. Me han pedido que me vaya.

Dio media vuelta, pero no había dado ni dos pasos cuando una voz la hizo detenerse. Era Peyton.

146

–Aún no te puedes ir –exclamó–. Eres mi… –Peyton hizo un esfuerzo por omitir las palabrotas que luchaban por salir de su boca–. Invitada. No te vas a ninguna parte, maldita sea.

Ava se volvió. Quiso corregirle por el lenguaje que acababa de usar, pero se detuvo al verle sonreír. Era la clase de sonrisa que solo le había visto esbozar en un par de ocasiones: aquella noche en casa de sus padres y la noche anterior en su apartamento. Era una sonrisa que desarmaba, que la dejaba sin defensas, una sonrisa desnuda, sin ninguna clase de ardid o artificio. Era la clase de sonrisa que les dejaba bien claro a todos que la parafernalia social le traía sin cuidado.

Él comenzó a aflojarse el nudo de la corbata y detuvo a un camarero que pasaba en ese momento para preguntarle qué tenía que hacer para conseguir un botellín de cerveza. Las palabrotas abundaban. El camarero le aseguró que no tardaría en satisfacer su deseo y fue en busca del botellín sin más dilación. Peyton se volvió, no hacia Ava, sino hacia Catherine.

–Estás llena de veneno, Catherine –dijo, cambiando una palabrota por «veneno»–. No conozco a nadie de Emerson que pensara que yo sería capaz de llegar a algo, y tú estás incluida en ese lote. Pero, ¿qué demonios? Yo tampoco pensé jamás que ninguno de vosotros llegaría… –miró a Ava–. Bueno, excepto uno de vosotros. No es culpa mía haber sido el único al que le fue bien. Además…

Llegados a ese punto, Peyton les dedicó un pequeño discurso plagado de palabrotas. Aunque radiantes por fuera, todos estaban sucios por dentro, y por tanto no había nadie mejor para ejercer de receptor de ese lenguaje soez e incisivo.

Catherine volvió a atragantarse, pero no escupió sobre nadie. Sin embargo, ni Peyton ni Ava se quedaron para escuchar lo que iba a decir.

Dieron media vuelta y se dirigieron hacia la salida. De camino a la puerta se cruzaron con un camarero que llevaba un botellín de cerveza. Peyton lo agarró sin detenerse y también capturó una copa de champán para Ava. Cuando llevaron al vestíbulo del hotel, aminoraron el paso. Ninguno de los dos sabía muy bien qué hacer a partir de ese momento. El corazón a Ava le latía a toda velocidad, pero entonces recordó que él no había dicho nada respecto a sus sentimientos hacia ella.

Le miró. Él le devolvió la mirada. Y entonces volvió a esbozar una vez más esa sonrisa desarmadora.

—¿Qué te parece si nos largamos de aquí y nos alejamos de esta gente tan paleta?

Ava soltó el aliento de golpe, pero todavía no fue capaz de sentir el alivio que tanto ansiaba. Había tantas cosas que quería decirle.

—No tenías razón en todo, ¿sabes?

Él pareció confundido.

—¿Qué quieres decir?

—Lo que dijiste sobre la gente de Emerson. Aunque Catherine no tuviera razón en nada de lo que dijo de ti, sí que la tenía respecto a mí. Todo el dinero de mi familia se ha esfumado. Mi padre es un criminal y mi madre pasó muchos años en un hospital psiquiátrico antes de morir. Mi coche tiene ocho años y mi negocio se mantiene a flote de milagro. La ropa más glamurosa que tengo es la que compré en un *outlet*. El apartamento que está encima de la tienda ha sido mi casa durante casi ocho años y no voy a poder permitirse nada mejor durante muchos años. No soy la clase de mujer que aprobaría la junta de dirección de tu empresa, Peyton.

Ava era consciente de que estaba suponiendo demasiadas cosas. Peyton no había dicho en ningún momento que quisiera tener algo más serio con ella, pero acababa de sabotear su entrada en la élite social. Aunque su empresa tuviera su sede en San Francisco, los rumores se propagaban a la velocidad de la luz, sobre todo después de un espectáculo como el que él acababa de ofrecer en un evento benéfico tan mediático. Sin embargo, no hubiera hecho lo que había hecho si el estatus social hubiera sido su prioridad.

Él permaneció en silencio durante unos segundos. Se limitó a mirarla a los ojos como si estuviera pensando en algo que no se atrevía a decir.

Finalmente levanto una mano y le soltó el cabello.

—Te queda mejor suelto. Te hace parecer superficial y estirada cuando lo llevas recogido. Y tú no eres ninguna de esas cosas. Nunca lo fuiste.

—Sí. Sí que lo fui —dijo ella, sonriendo—. Bueno,

a lo mejor no fui superficial porque… me enamoré de ti.

Peyton se dio cuenta de que era la segunda vez que lo decía. Si no lo aprovechaba esa vez, a lo mejor no volvería a tener otra oportunidad.

Le devolvió la sonrisa.

—Muy bien. A lo mejor sí que fuiste superficial y estirada, pero yo también lo fui. A lo mejor fue por eso que… –vaciló un momento–. A lo mejor fue por eso que nos sentimos tan atraídos el uno por el otro. Éramos muy parecidos en realidad.

Ava sonrió al oír eso, pero la alegría que había sentido hasta ese momento comenzó a desvanecerse. Él no iba a decirlo, porque no lo sentía. A lo mejor ya no le importaba conseguir una posición social. A lo mejor incluso había dejado de importarle la imagen que daba. A lo mejor había dejado de sentir algo por ella, o quizás no lo había sentido jamás.

—Sí, bueno, ya no somos tan parecidos, ¿no? –le preguntó–. Tú eres el príncipe, y yo soy la mendiga. Te mereces una princesa, Peyton, y no alguien que manche tu imagen profesional.

Él volvió a sonreír y sacudió la cabeza.

—Me has enseñado muchas cosas durante las últimas dos semanas, pero tú no has aprendido nada, ¿no, Ava?

Había algo en su mirada que la hizo revolotear por dentro, pero prefirió ignorar ese aleteo de la esperanza. Había olvidado cómo era la vida cuando todo funcionaba como debía ser. Había empezado a pensar que ya no volvería a tener una vida como esa nunca más.

—Dímelo tú —dijo ella—. Tú fuiste a las mejores escuelas. Yo solo pude permitirme una universidad local.

—¿Lo ves? Eso es lo que quería decir. No importa a qué escuela hayas ido —señaló el salón de fiestas del que acababan de salir—. Mira a toda esa gente cuyos padres se han gastado una fortuna en mandarlos a colegio de élite como Emerson. No son más que perdedores.

—Nosotros también fuimos a Emerson.

—Sí, pero recibimos una educación que no tenía nada que ver con las aulas, la biblioteca y los deberes. Eso fue lo único de valor que aprendí en Emerson... lo único que aprendí allí que me ayudó a conseguir todas esas cosas tan admirables que he conseguido —Peyton sonrió con auténtica alegría—. Aprendí que una chica como tú podía llegar a amar a un chico como yo, a pesar de todas las cosas, sin importar las diferencias. Tú me enseñaste eso, Ava. A lo mejor me ha llevado casi dos décadas darme cuenta de ello, pero... —se encogió de hombros—. Es a ti a quien debo todos estos logros admirables. Tú eres la razón por la que quise ser mejor persona. Tú eres todo lo que he conseguido. No importa lo que piensen de nosotros, ni nuestros antiguos compañeros, ni mi junta directiva, ni nadie con quien tenga que hacer negocios. ¿Por qué iba a querer una princesa cuando puedo tener a la reina?

Ava le devolvió la sonrisa.

—En realidad, sí me importa lo que alguien crea de mí. Y ese alguien eres tú.

—No. Solo importa lo que yo siento.

—Importa lo que crees y lo que sientes.

Le enredó una mano en el cabello.

—Muy bien. Entonces creo que te quiero. Creo que siempre te he querido. Y sé que siempre te querré.

Ava recordó por fin cómo era la vida cuando todo funcionaba como debía. Y la sensación era de euforia. Era extraordinaria, sublime. Y lo único que necesitaba para sentirse así era tenerle a su lado.

—Tenemos muchas cosas de que hablar.

Ella asintió.

—Sí. Muchas.

Él señaló la salida del hotel con un gesto.

—Hay que aprovechar el presente.

Epílogo

Peyton se sentó frente a una mesa casi tan pequeña como aquella del salón de té al que había ido con Ava tres meses antes. Ella agarró la tetera de porcelana con sus pequeños dedos delicados. Prefería que fuera ella quien lo hiciera, pues aún tenía alguna laguna que otra en cuanto al protocolo del té y no quería hacer el ridículo delante de las hermanas Montgomery, que los acompañaban en esa ocasión en la tetería más famosa de Oxford. Comportarse como un caballero era una meta a alcanzar, pero derramar té hirviendo sobre los guantes blancos de sus nuevas socias no era una opción.

–Peyton –dijo Helen Montgomery–, creo que has encontrado a la única mujer valiosa que hay al norte de la línea Mason-Dixon. Será mejor que la cuides bien.

–Con esa elegancia y buen gusto, podría estar al frente de la Mississippi Junior League –apuntó la señora Dorothy Montgomery.

–Bueno, señorita Dorothy, señorita Helen, me van a hacer sonrojar ustedes –dijo Ava, dejando la tetera sobre la mesa.

Ese momento estaba deseando regresar al hotel

con ella. Tanto los guantes blancos como el traje gris claro que llevaba para la ocasión le estaban volviendo loco.

Era el último día que iban a pasar en Mississippi. Esa tarde se habían reunido con las Montgomery y con todo el equipo legal para darles los últimos toques al acuerdo. Lo único que faltaba era sacar los contratos y firmarlos. Montgomery and Sons seguiría llevando el apellido Montgomery. Peyton tenía intención de mantener intacta la empresa e iba a invertir en ella para reflotarla y devolverla el ranking de empresas textiles más rentables. Además, Montgomery and Sons estaba destinada a convertirse en el buque insignia del nuevo proyecto que preparaba con Ava. Brenner Moss Incorporated iba a confeccionar prendas para mujeres y hombres hechas en Estados Unidos. Todo el proceso de producción se llevaría a cabo en el país y finalmente pondrían en marcha una cadena de tiendas Brenner Moss de la que Ava sería la directora general.

Helen Montgomery echó dos azucarillos en su taza y removió un poco la bebida.

—Bueno, recordad que nos habéis prometido volver en octubre para *homecoming*.

Dorothy asintió.

—Helen y yo vivimos con mucho entusiasmo esta festividad. Es una gran celebración aquí.

—Oh, desde luego que vendremos —dijo Peyton—. Y ustedes vendrán a nuestra boda, en septiembre, ¿no?

–No nos la perderíamos por nada del mundo.

Peyton y Ava iban a vivir entre San Francisco y Chicago durante una larga temporada, pero en algún momento se establecerían en algún punto de la Costa Oeste. Ava quería que En Boca de Todos formara parte del proyecto Brenner Moss y tenía intención de abrir una cadena de boutiques a escala nacional. Sin embargo, había relegado en su antigua compañera, Lucy Mulligan, de manera provisional.

–Por cierto –dijo Ava, mirando a las hermanas Montgomery–. Muchas gracias a las dos por esas conservas caseras.

–Y por los calcetines –añadió Peyton.

–Bueno, las dos sabemos que las noches son muy frías en el norte –dijo Helen–. Una vez fuimos a Kentucky, en el otoño. ¡Yo creo que la temperatura bajó a menos de diez grados.

–En Chicago puede bajar hasta menos diez grados aproximadamente –dijo Peyton.

Dorothy se estremeció.

–Sinceramente, ¿cómo podéis sobrevivir allí arriba?

Peyton y Ava intercambiaron miradas cómplices. Él contempló sus guantes blancos durante una fracción de segundo y, al mirarla de nuevo, vio que los ojos le brillaban.

–Oh, hay formas de mantener el fuego vivo.

En realidad la llama jamás se apagaba. Peyton ya no recordaba apenas cómo había sido su vida antes del reencuentro con Ava. Su pasado se había convertido en una masa informe de largas jornadas de trabajo y noches interminables de vigilia delante del ordenador. Aún tenía mucho trabajo por delante, pero ya no tendría que hacerlo todo solo.

–Sois la pareja perfecta, en el ámbito personal y también en el profesional –dijo Dorothy–. Inteligentes, trabajadores y de buena familia –sonrió–. Nos recordáis a nosotras mismas. No hay duda de que os han criado bien.

Peyton les dio la razón en silencio.

–Cuando se ponga en marcha vuestro nuevo proyecto, estaréis en boca de todos –dijo Helen.

–Eso queremos, señorita Helen –Ava sonrió y miró a Peyton mientras hablaba–. Bueno, eso y... vivir felices. Claro.

Peyton también sonrió. A lo mejor mucha gente creía que vivir bien era la mejor venganza, pero él creía que tener una buena vida era la mejor recompensa posible. Y todo merecía la pena siempre y cuando estuvieran juntos. El cómo y el dónde eran secundarios.

En Boca de Todos...

Sin duda era una meta a conseguir, pero él se conformaba con poder seguir besando los labios de Ava durante el resto de su vida.

Deseo

COMO UN IMÁN

KATE HARDY

Cuando el diseñador de jardi-
nes Will Daynes y la estirada
chica de ciudad Amanda Neave
accedieron a intercambiar sus
vidas para un programa de tele-
visión, pronto descubrieron que
eran como la noche y el día.
Obviamente, ninguno se esperó la intensa atracción que sur-
gió entre ellos, y Amanda no
pudo resistirse a la tentación
que para ella resultaba el guapísimo y solicitado soltero.
¿Pero ese ardiente idilio entre

dos polos opuestos seguiría crepitando cuando Amanda
se enterara de que estaba embarazada?

Una irresistible pasión entre opuestos

¡YA EN TU PUNTO DE VENTA!

Acepte 2 de nuestras mejores novelas de amor GRATIS

¡Y reciba un regalo sorpresa!

Oferta especial de tiempo limitado

Rellene el cupón y envíelo a
Harlequin Reader Service®
3010 Walden Ave.
P.O. Box 1867
Buffalo, N.Y. 14240-1867

¡Si! Por favor, envíenme 2 novelas de amor de Harlequin (1 Bianca® y 1 Deseo®) gratis, más el regalo sorpresa. Luego remítanme 4 novelas nuevas todos los meses, las cuales recibiré mucho antes de que aparezcan en librerías, y factúrenme al bajo precio de $3,24 cada una, más $0,25 por envío e impuesto de ventas, si corresponde*. Este es el precio total, y es un ahorro de casi el 20% sobre el precio de portada. !Una oferta excelente! Entiendo que el hecho de aceptar estos libros y el regalo no me obliga en forma alguna a la compra de libros adicionales. Y también que puedo devolver cualquier envío y cancelar en cualquier momento. Aún si decido no comprar ningún otro libro de Harlequin, los 2 libros gratis y el regalo sorpresa son míos para siempre.

416 LBN DU7N

Nombre y apellido	(Por favor, letra de molde)

Dirección	Apartamento No.

Ciudad	Estado	Zona postal

Esta oferta se limita a un pedido por hogar y no está disponible para los subscriptores actuales de Deseo® y Bianca®.
*Los términos y precios quedan sujetos a cambios sin aviso previo.
Impuestos de ventas aplican en N.Y.

SPN-03   ©2003 Harlequin Enterprises Limited

Bianca

**Samarah debía decidir: prisión en una celda…
o grilletes de diamantes al convertirse en su esposa**

Tras haber esperado su tiempo, la princesa Samarah Al-Azem por fin estaba lista para acabar con Ferran, el enemigo de su reino y el hombre que le había arrebatado todo. En la quietud de la noche, le esperó agazapada en su dormitorio…

No era la primera vez que el jeque Ferran se veía al otro lado del cuchillo de un asesino… pero nunca lo blandía una agresora tan bella. Pronto la tuvo a su merced, algo que llevaba años deseando…

Un reto para un jeque

Maisey Yates

CABALLERO DEL DESIERTO

JENNIFER LEWIS

Daniyah Hassan pagó un alto precio por irse de su casa y desafiar a su padre. Ahora estaba divorciada y de regreso en Omán, lamiéndose las heridas y tratando de evitar un matrimonio concertado. A pesar de que Dani había jurado renunciar a los hombres, cuando el financiero rebelde Quasar Al Mansur hizo su aparición, se derritió.

A Quasar la belleza de Dani y su vulnerabilidad le tentaron más allá de toda lógica. Aunque descubrió que estaba fuera de su alcance, no iba a permitir que la rencilla que llevaba décadas enfrentando a sus familias le impidiera conseguir lo que quería.

Un ardiente romance con un atractivo jeque